Anja Stiller

Mythen und Sagen der Germanen

Anja Stiller

MYTHEN UND SAGEN DER GERMANEN

REGIONALIA
VERLAG

Anja Stiller: Mythen und Sagen der Germanen

Lektorat: Kristine Althöhn, Mainz

Layout und Satz: Handverlesen GbR, Bonn

Einbandgestaltung: Derek Gotzen für agilmedien, Niederkassel

Bilder Cover:
Bildleiste, von links nach rechts (alle: Regionalia Verlag, Archiv):
1. Harry George Theaker, Odin und Frigga, 1920
2. Nordic Sacrificial Scene from the Period of Odin, 1831
3. Nils Blommer, Freya fährt mit ihrem von Katzen gezogenen Karren, 1852
4. C. Hansen, Das Fest des Ägir, 1861
5. C. W. Eckersberg, Balder's Tod, 1817
Bild unten (wikimedia commons, Gunnar Creutz, Nachzeichnung): Tyr, der von Fenrir in die Hand gebissen wird

Printed in Hungary

ISBN 978-3-95540-199-3

www.regionalia-verlag.de

INHALT

VORWORT

Fast jeder kennt Zeus, den Göttervater der alten Griechen. Zeus hatte eine Menge Frauengeschichten – was seine Götterfrau Hera nicht immer amüsant fand. Aber die wurde nicht um ihre Meinung gefragt! – Die meisten von uns wissen auch, was es heißt, wenn Eros seine Pfeile verschießt. Und die Schönheit der Aphrodite ist legendär.

Doch das sind die Götter des alten Griechenland. Ihre Namen haben allesamt lateinische Entsprechungen: Zeus ist dann Jupiter, Eros ist Cupido und aus Aphrodite wird im alten Rom Venus. Die Sagen der alten Griechen gehören nach wie vor zu den Klassikern, die man Kindern vorliest. Mit anderen Worten: Der griechische Götterhimmel gehört zur Allgemeinbildung.

Aber was ist mit den Germanen und ihren Göttern? Da beschränkt sich unser Wissen meist auf eher rare Kenntnisse, am ehesten vielleicht noch aus Wagners Opernzyklus »Der Ring des Nibelungen«. Nun muss man Wagner aber auch mögen – und das tut beleibe nicht jeder. Und selbst diejenigen, die tatsächlich die Disziplin dazu oder sogar die Begeisterung dafür aufbringen, sich mehrere Abende lang Rheintöchter, Siegfried, Brunhilde und Wodan auf der Bühne anzusehen und anzuhören, wissen danach eben nur das über den germanischen Götterhimmel, was Wagner daraus gemacht hat.

Es gibt allerdings authentischere Quellen. Wie gesagt, nichts gegen Wagner und seinen »Ring«. Aber die Originaltexte der Edda geben besser – oder eher: Sie geben Auskunft in nicht-adaptierter Form. Diesen Texten soll im Folgenden unsere Aufmerksamkeit gelten. Denn nahezu alles, was wir heute über den Kosmos der Germanen wissen, stammt aus altisländischen Texten.

Nun könnte man natürlich einwenden, dass es, wenn es ohnehin Originaltexte gibt, der einfachste Weg wäre, eben diese auch zu lesen, wenn man etwas über die germanischen Götter wissen möchte. Und das kann man auch. Diverse übersetzte Editionen der beiden Edda-Sammlungen liegen auf Deutsch vor. Eine davon – erschienen im Regionalia-Verlag – beschränkt sich dabei nicht nur auf die Wiedergabe der Texte, sondern ergänzt das Original am Rand außerdem mit kleinen Kommentaren zu den Personen und Orten, von denen erzählt wird. Aber genau in diesem Punkt zeigt sich auch das Problem, das wir heute bei der Lektüre der Edda-Ausgaben haben: Ohne erklärende Kommentare sind sie nämlich etwas sperrig zu lesen, zumindest für all jene, die sich nicht hauptberuflich der germanischen Kosmologie widmen und sich entsprechend gut auskennen mit Göttern, Reifriesen, Alben und Co.

Darum erscheint dieses Buch. Es kann und will die Lektüre der originalen Texte nicht ersetzen, sondern es soll sie ergänzen. Hier werden ausdrücklich nicht die Geschichten aus der Edda nacherzählt. Das vorliegende Buch führt vielmehr ein in den Kosmos der altnordischen Mythologie: Was war am Beginn der Welt? Wie sind die ersten Götter entstanden? Wie die Menschen? Wo liegt Midgard, wo Asgard, wo Utgard und was ist mit diesen Ortsbezeichnungen überhaupt gemeint? Was hat es darüber hinaus mit dem legendären Weltenende auf sich, von dem Wagners »Götterdämmerung« erzählt?

Wer die Sagen der Germanen lesen möchte, dem sei eine der vielen Editionen der eddischen Dichtung empfohlen oder auch eine Anthologie mit Sagen der Germanen (Literaturangaben dazu finden sich im Anhang). Dieses Buch ist für all jene geschrieben, die zunächst einmal überhaupt wissen möchten, wie die germanische Götterwelt aufgebaut ist, wo was zu finden ist in dieser Welt und wer mit wem verheiratet oder verfeindet ist. In diesem Sinne ist meine Einführung zur Orientierung gedacht und stellt keine Konkurrenz zu Originalausgaben oder Sagenbänden dar. Als in sich geschlossenes und eigenständiges Buch kann es auch durchaus separat gelesen werden – und darüber hinaus eben als Ergänzung der originalen Editionen dienen.

Abschließend noch ein paar Worte zur Schreibweise der isländischen Namen: Um einen möglichst authentischen Eindruck zu wahren, verwende ich die meisten Namen in der isländischen Schreibweise. Nur diejenigen Namen oder Begriffe, die sich bei uns in der deutschen Übersetzung bereits eingebürgert haben, werden der besseren Verständlichkeit halber auch so beibehalten. Die »Midgardschlange« etwa wird auch hier nicht zur »Miðgarðsormr«.

Viele der Namen finden sich jedoch in den unterschiedlichen Werkausgaben und in der Fachliteratur in ganz verschiedenen Schreibweisen. Ich habe mich bei der Arbeit an diesem Buch um eine einheitliche Wiedergabe bemüht – eine Ausnahme bilden natürlich Zitate aus den Übersetzungen der Originalwerke –, etwaige Varianten bitte ich zu entschuldigen.

Ob es passend ist, bei der Beschäftigung mit der altnordischen Mythologie »viel Spaß« zu wünschen, scheint mir angesichts der recht martialischen Welt, die sich im Folgenden entfalten wird, fraglich. Deshalb möchte ich es etwas anders formulieren und wünsche eine »spannende« Lektüre.

Anja Stiller
Salzburg, im Frühjahr 2016

Die Eiche Yggdrasill. Illustration von F. W. Heine, 1874.

DIE GERMANEN UND IHRE GÖTTER

Die Germanen und ihre Sagenwelt – das klingt sehr schön übersichtlich: Es gibt »die Germanen«, als homogene, gut fassbare Gruppe, und die haben ihre Mythologie. Mit einem Schöpfungsmythos, der Götterwelt und natürlich dem einen oder anderen Helden.

Aber so einfach ist es, natürlich, nicht.

Denn »die« Germanen gab es nie. Vielmehr handelt es sich um eine höchst inhomogene Gruppe verschiedener Stammesverbände, die über einen großen Teil des heutigen Europa verstreut gesiedelt haben. Man unterteilt unter anderem in

- **Nordseegermanen**: Hierzu gehören die *Angeln*, *Chauken* (die später im Großstamm der Sachsen aufgehen), die *Friesen* und *Warnen*.
- **Rhein-Weser-Germanen**: Zu dieser Gruppe gehörten (in alphabetischer Reihenfolge) die *Angrivarier*, *Bataver*, *Brukterer*, *Chamaven*, *Chatten*, *Chattuarier*, *Cherusker*, *Sigambrer*, *Sugambrer*, *Tenkterer*, *Ubier*, *Usipeter*. Aus den am Rhein ansässigen Stämmen geht im 3. Jahrhundert der Großstamm der *Franken* hervor.
- **Sueben**: Zu den *suebischen* (auch *swebischen*) bzw. *elbgermanischen Gruppen* gehören die *Hermunduren*, *Langobarden*, *Markomannen*, *Quaden*, *Semnonen* und vielleicht (aber das ist umstritten) die *Bastarnen*: Aus ihnen ging im 3. Jahrhundert vor allem der Großstamm der *Alamannen* hervor, dazu bildeten u. a. die Markomannen durch Vermischung mit anderen Stämmen und Volksgruppen den Großstamm der *Bajuwaren*, die Hermunduren den der *Thüringer*. Ein Teil der Sueben überquerte zusammen mit Alanen und Vandalen 406 den Rhein und wanderte mit diesen 409 nach Hispanien ein. Dort bildeten sie im Nordwesten das Reich der *Sueben*, das die Grundlage des späteren Staates *Portugal* darstellt.
- **Nordgermanen** (nicht zu verwechseln mit den Nordseegermanen): Hierzu gehörten die Ästier und *Suionen*. Sie werden auch *Ostseegermanen* genannt und lebten auf der jütischen Halbinsel und im südlichen Skandinavien. Zu den Nordgermanen werden auf Grund sprachlicher Indizien die skandinavischen

Stämme gerechnet. Aus ihnen gingen später die Dänen, die Schweden und die südlichen Norweger hervor. Wie weit die übrigen Norweger und Isländer hinzuzurechnen sind, das hängt von verschiedenen Definitionen ab. Archäologisch werden die Nordgermanen in die Ost- und Westnordische Gruppe aufgeteilt. Einen Übergangsbereich zu den Nordseegermanen bilden die Angeln und die Jüten.

- **Oder-Warthe-Germanen**: die *Burgunden*, *Lugier* und *Vandalen*. Archäologisch werden sie der Przeworsk-Kultur im südlichen Polen zugeordnet.
- **Weichselgermanen**: die *Bastarnen*, *Gepiden*, *Gotonen*, *Rugier* und *Skiren*.

Es erklärt sich fast von selbst, dass eine so große und noch dazu so vielschichtige Gruppe von Menschen keine völlig einheitliche Mythologie hatte. Mittlerweile

Kampf der untergehenden Götter, Illustration 1874.

geht man zwar davon aus, dass die Göttergesellschaft dieselbe war, aber sowohl Kulte als auch Namen und Mythen haben sich im Laufe der Zeit auseinanderentwickelt.

Das ändert aber nichts daran, dass wir heute durchaus eine ziemlich klare Vorstellung davon haben, was wir uns erwarten, wenn von den »germanischen« Sagen die Rede ist: Geschichten über die Götter Odin, Thor oder Freyja nämlich, über Riesen und über das Weltenende. Und das heißt nichts anderes als: Geschichten aus der *nordgermanischen* Mythologie.

Und tatsächlich ist dieser »nordische« Sagenkreis der Germanen auch der am besten überlieferte.

Aber noch einmal von vorne, und vor allem noch einmal zu einem ganz anderen Thema: der germanischen Religion. Denn an sich möchte man annehmen, dass die Sagen einer Volksgruppe über deren Kosmos und die Götter, die sich darin bewegen, ihren Ursprung in der Religion nehmen.

Aber genau das ist bei den Germanen *nicht* der Fall, wie die Wissenschaft immer wieder mit besonderem Nachdruck betont. Es gibt zwar Überschneidungen. In den Erzählungen und aus dem Faktenwissen, das wir über die tatsächlichen religiösen Kulte inzwischen haben, tauchen zum Teil dieselben Götter oder eher Götternamen auf. Aber der Schöpfungsmythos und das gesamte Schöpfungsmodell, wie es uns aus der Sagenwelt überliefert ist, darf nicht identisch gesetzt werden mit dem, woran die Germanen wirklich glaubten. Erst recht nicht, wenn man die große Volksgruppe als das Kollektiv verstehen will, das es ohnehin so nie gegeben hat.

Um also einer Vermengung von Märchenwelt und tatsächlicher Religion von Anfang an entgegenzuwirken, steht vor der Einführung in die Sagenwelt der Germanen eine andere Einführung, und zwar in genau jenen Themenkomplex, in dem Midgardschlange, Riesen und Götter ihren Ursprung ganz entschieden *nicht* haben: in die Religion der Germanen.

DIE GERMANISCHE RELIGION IN IHREN GRUNDZÜGEN

Woran die Germanen glaubten

Auch zur praktizierten Religion, genauso wie zur Sagenwelt, sind wir am besten informiert über die Kulte der Nordgermanen, so dass sich vieles, was wir dazu sagen können, in erster Linie auf nordgermanische und hier besonders auf skandinavische Bräuche bezieht.

Ganz grundsätzlich lässt sich sagen, dass die Germanen, egal, aus welcher Region sie kamen, einer polytheistischen Religion anhingen, also einen »Vielgötterglauben« pflegten.

Da der Zeitraum, den der kursorische Überblick in diesem Buch umfasst, sehr lang ist, nämlich von der Bronzezeit bis ins frühe Mittelalter, also vom Jahr 1300 v. Chr. bis ca. 1050 n. Chr., sind die folgenden Ausführungen natürlich nicht besonders differenziert, sondern sie vermitteln lediglich einen allgemeinen Überblick.

Insgesamt unterscheidet man zwischen der nordgermanischen, der südgermanischen und der angelsächsischen Religion. Und die Quellenlage ist insgesamt eher lückenhaft.

Man stützt sich auf archäologische Quellen wie Kultorte oder auch -gegenstände, auf sogenannte ikonographische Quellen wie Bilder, auf literarische Quellen im weitesten Sinne – zu denen unter anderem Runen zählen –, aber auch auf frühe Gesetzestexte. Hinzu kommen sprachliche Quellen wie Ortsnamen und volkskundliche Quellen, zu denen unter anderem die Volkssagen gehören.

Noch eine Anmerkung zu den Bildquellen: Etliche Motive finden sich auf sogenannten Brakteaten. Das sind kleine Schmuckscheiben aus Metall, auf denen neben Menschen auch Tiere, Gottheiten oder Runen dargestellt sind. Man vermutet, dass die Brakteaten in erster Linie eine magische Funktion hatten. Allerdings zeigen auch sie immer wieder Bilder aus der Mythologie, insofern sagt nicht jedes Bild etwas aus über die tatsächlich verehrten Gottheiten.

Brakteat aus Fünen mit Runeninschrift.

Die Germanen aller Regionen haben also an eine Vielzahl von Göttern geglaubt. Allerdings war an diesen Glauben, anders etwa als an das Christentum, keine Gesinnung geknüpft. Das heißt, mit der Religion waren keine ethischen Normen und Gebote verbunden. Auch eine besondere Gefühlsbindung an die Gottheiten dürfte es kaum gegeben haben. Die Religion der Germanen fand ihren Ausdruck dagegen vor allem in Kulthandlungen. Man bat die Götter um Beistand im Krieg oder um eine gute Ernte. Typisch war auch, dass sich bestimmte Gruppen innerhalb eines Stammes »ihre« Götter herausgesucht und sie in besonderer Form verehrt haben. So opferten etwa Könige und Häuptlinge Odin. Týr war der Gott der Bauernkrieger, an Freyr wandte sich, wer eine gute Ernte brauchte, Nerthus wurde in vielen Gegenden als Fruchtbarkeitsgöttin verehrt. Außerdem gab es Götter für ganz spezielle Problemkreise, oder man opferte Elfen oder Nornen. Nebenbei: Viele Götter, die uns aus der Mythologie bekannt sind, gehören ohnehin nur dorthin, sie sind also reine Fiktion aus der Welt der Sagen und haben in der tatsächlichen Religion der Germanen nie existiert.

Weit verbreitet war neben dem Glauben an Götter außerdem der an Geister und hier besonders der an die »Mahre«. Das sind Wesen, die die Menschen vor allem in der Nacht heimsuchen, der Ausdruck »Nachtmahr« oder auch »Nachtalb«, den wir heutzutage als Synonym zum »Albtraum« verwenden, geht auf sie zurück. Besonders sympathisch sind diese Mahre nicht: Sie kommen alleine zu einem Menschen, und um nicht sofort als das erkannt zu werden, was sie sind, können sie ihre Gestalt verändern. Sie bringen Krankheiten, und in manchen Teilen Skandinaviens sind sie Hexen, Wiedergängern und Gespenstern nicht ganz unähnlich (siehe Bildtafel nach S. 96 [Mahr auf einem Gemälde von Füssli von 1802]).

Erzählt wird dieser Wandel des äußeren Erscheinungsbildes auch von dem Gott Odin, der wahlweise die Gestalt von Menschen, aber auch von Vögeln, Fischen oder Ähnlichem annehmen konnte, wenn es seiner Sache diente.

Nachtmahre können ihren *hugr* in den Körper des anderen fahren lassen. Mit unserer »Seele« ist so ein *hugr* allerdings nicht gleichzusetzen, denn er umfasst alles, was nicht reiner Körper ist: Gedanken, Wünsche, Geist, Erinnerung ...

Ein dem Mahr eng verwandtes Wesen ist übrigens der Werwolf, der »Mann-Wolf«, ein Mann, der sich nachts in einen Wolf verwandelt.

Ausübung der Religion

Die zentrale religiöse Praxis der germanischen Stämme war das Opfer. Man opferte Tiere, Waffen und wertvolle Gebrauchsgegenstände. Menschenopfer waren dagegen eher selten. Als Orte für Kulthandlungen dienten unter anderem Seen und Moore.

Daneben finden sich Kultfeste, die sich durch den gesamten Jahreskreis ziehen: Die wichtigsten fanden im Spätherbst beziehungsweise zu Winterbeginn, zur Mittwinterzeit – also Mitte Januar –, im Spätfrühling und zum Beginn der Sommerzeit statt. Hinzu kam noch das Mittsommerfest. Man opferte für gutes Wachstum, eine gute Ernte und Frieden; gelegentlich aber auch für den Sieg in einer bevorstehenden Auseinandersetzung.

Auch im Rechtswesen war die Religion von Bedeutung: So versicherte man sich bei den »Thingen«, also den Gerichtsverhandlungen, des Beistands der Götter.

Neben Opferkulten und Kultfesten sind verschiedene magische Praktiken überliefert wie etwa der Runenzauber: Dabei ritzte man magische Texte in Steine oder auf Gegenstände und versuchte so unter anderem, Unheil abzuwehren. Auch Zaubersprüche sind überliefert. (Siehe Bildtafel nach S. 96 [Runenstein von Rök, Südschweden].)

Von der Religion zum Mythos

Religion und die Mythologie, wie sie uns aus der Literatur überliefert ist, haben also bei den Germanen insgesamt kaum etwas miteinander zu tun. Einerseits.

Andererseits jedoch: Wie kommt man sonst von der Religion zum Mythos? Bestimmte Überschneidungspunkte muss es doch geben.

Tatsächlich haben Teile der praktizierten Religion ihren Weg in den Mythos gefunden. Um nur zwei Beispiele zu nennen: Wir wissen etwa aus Felsritzungen von schamanistisch-magischen Praktiken der Germanen. Und in der Sage von der Brautwerbung des Gottes Freyr werden die Runen als magisches Werkzeug eingesetzt.

Auch die Feuerbestattung, die etwa seit der zweiten Hälfte des 2. Jahrtausends v. Chr. belegt ist, wird heute als Mittel der Befreiung der Seele aus dem Körper für ein jenseitiges Leben gedeutet. Ab dem 4. Jahrhundert n. Chr. sind Schiffsbestattungen überliefert, bei denen die Menschen in voller Kleidung und mit reichen Beigaben für ihre Reise in die jenseitige Welt ausgestattet wurden. Auch Münzen findet man, mit denen sie die Überfahrt ihrer Seele bezahlen sollten. Die Analogie zur griechischen Mythologie ist hier unübersehbar. In der Welt der nordgermanischen Sagen wird davon erzählt, wie der Gott Balder nach seinem Tod in einer großen Zeremonie auf seinem Schiff verbrannt wird.

Aber auch diese Überschneidungspunkte ändern nichts an der Gesamterkenntnis, dass es eine Übereinstimmung von Mythologie und gelebtem Volksglauben nie gegeben hat.

Dazu sind allein schon die Überlieferungen aus der Mythologie zu uneinheitlich. Ein Beispiel:

In den »Gylfaginning«, dem Erzählabschnitt über »Gylfis Täuschung« aus der sogenannten Snorra-Edda (zu den literarischen Quellen siehe den nächsten Abschnitt!), schreibt der Autor, der isländische Dichter Snorri Sturluson, über den Gott Odin und seine Frau beziehungsweise Tochter:

> Allvater kann er heißen, weil er Vater ist aller Götter und Menschen und alles dessen, was durch ihn und seine Macht geschaffen worden ist. Jörð (Erde) war also seine Tochter und seine Frau. (Kap. 9)

Und im darauffolgenden Kapitel 10 ist eben diese Jörð ganz und gar nicht mehr die Tochter des Gottes Odin, sondern:

> Nörfi oder Narfi hieß ein Riese, der in Riesenheim hauste. Er hatt' eine Tochter namens Nacht ... In zweiter Ehe war sie verheiratet mit einem, der Ánnar hieß. Jörð (Erde) hieß ihre Tochter. (Kap. 10)

Von Odin als dem Vater der Jörd ist hier nicht mehr die Rede.

Da wir uns hier aber mit der Mythologie und nicht mit der tatsächlich praktizierten Religion beschäftigen, wenden wir uns nun der Welt der Sagen zu. Und damit zunächst einmal den literarischen Texten, die von dieser Welt erzählen.

DIE LITERARISCHEN QUELLEN

Die Darstellungen zur Sagenwelt der Germanen werden sich in unserem Zusammenhang fast ausschließlich auf die Nordgermanen beschränken. Das hat nichts mit persönlichen Präferenzen zu tun, aber viel mit dem überlieferten Quellenmaterial. Denn aus diesem geographischen Raum ist schlicht das meiste überliefert.

Der Vollständigkeit halber steht am Beginn dieser Ausführungen trotzdem noch einmal die germanische Mythologie insgesamt. Die Wissenschaft unterscheidet im Großen und Ganzen drei Teilbereiche:

Da gibt es zum einen die Überlieferungen aus der nordwesteuropäischen germanischen Tradition der Angeln, Sachsen und Jüten im heutigen England. Das wichtigste überlieferte Werk ist hier das »Beowulf«-Epos, ein aus 3 182 Versen bestehendes sogenanntes Heldengedicht in angelsächsischer Sprache. Das Epos entstand vermutlich nach dem Jahr 700 und spielt in der Zeit vor 600 n. Chr. in Skandinavien. Hauptfigur ist der Titelheld Beowulf, der unter anderem gegen Ungeheuer und Drachen kämpft.

Dann gibt es den Komplex der kontinental-germanischen Überlieferung aus Teilen des heutigen Polen, Tschechiens und der Beneluxländer. Von ihm erfahren wir zum einen aus der »Germania« des Publius Cornelius Tacitus (58–120 n. Chr.), einem kleinen ethnographischen Werk über die Germanen, das lange deren Rezeption geprägt hat, zum anderen aus Gaius Iulius Caesars »De bello gallico«, den dieser in den Jahren 58 bis 50 v. Chr. geschrieben hatte. Darüber hinaus finden sich noch einige frühmittelalterliche Zaubersprüche, die von der Religion vor der Christianisierung erzählen. Insgesamt lässt sich die Quellenlage für die Mythen der Kontinentalgermanen allerdings mit dem Wort ›dürftig‹ gut umschreiben.

Ferner gibt es jenen Sagenkreis, an den wir normalerweise denken, wenn wir von der Götter- und Heldenwelt der Germanen sprechen: die nordgermanische Mythologie. Zu finden in Skandinavien. Oder vielleicht sollte man eher sagen: zu finden mitten im Nordmeer. Denn große Teile dieser Sagen kommen aus Island.

Hier verfügen wir tatsächlich über reichhaltiges Quellenmaterial. Viele der Texte sind jedoch erst nach der Christianisierung des Nordens entstanden und von daher mitbeeinflusst vom Christentum und monastischer Bildung. Zugegeben, wenn man Figuren wie die Midgardschlange betrachtet, eines der besonders ›lie-

Info

Kleine Einführung in das isländische Alphabet

In diesem Buch sind die meisten der Namen aus der Mythologie in der isländischen Schreibweise wiedergegeben. Und da fallen einige Buchstaben auf, die es in unserem »klassischen« lateinischen Alphabet nicht gibt. Um beim Lesen aber eine Vorstellung davon zu haben, wie sich all die Namen aussprechen, hier eine sehr kurze Einführung in die Phonetik des Isländischen:

Insgesamt besteht das isländische Alphabet aus 32 Buchstaben, die meisten von ihnen stimmen mit unseren lateinischen überein. C, W, Q und Z gibt es nicht, dafür hat das Isländische ein Ð/ð, mit Namen: ein Eth. Ausgesprochen wird es wie ein stimmhaftes, weiches englisches »th«.

Noch aus dem Runenalphabet stammt das Þ/þ, der Buchstabe Thorn, die stimmlose Variante des »th«. Die Aussprache ist hier hart. Die Ligatur Æ/æ entspricht dem deutschen »ei«, und der Umlaut Ö/ö ist im Isländischen ein eigener Buchstabe.

Übrigens findet man im Isländischen so gut wie keine Anglizismen oder Lehnwörter aus dem Englischen, sogar für den »Computer« und das »Telefon« gibt es isländische Entsprechungen.

benswerten‹ Wesen der nordischen Sagenwelt, das nicht weniger als die Vernichtung der Welt im Sinne hat, fragt man sich im ersten Moment doch nach der Verbindung zum Christentum. Nur hat der Teufel des Neuen Testaments ja auch keine wesentlich friedfertigeren Absichten, so dass man bei den Sagen um den Kampf zwischen dem Gott Thor und der Midgardschlange sogar eine Analogie zum Kampf Christi gegen den Satan sehen könnte.

Überliefert sind die Geschichten aus der germanischen Mythologie vor allem in den literarischen Texten Nordeuropas, der sogenannten altnordischen oder auch *norrønen* Literatur. Dazu muss aber gleich eine entscheidende Einschränkung vorgenommen werden: Diese altnordische Literatur umfasst altdänische, altschwedische, altnorwegische und altisländische Texte. Theoretisch. Praktisch ist aber wenig auf Altdänisch oder Altschwedisch überliefert, so dass sich die Gattungsbezeichnung weitgehend auf altnorwegische und altisländische Texte beschränkt, oft wird sie sogar nur synonym zur altisländischen Literatur verwendet.

Diese Texte des mittelalterlichen Island bewegen sich auf einem so hohen literarischen Niveau, dass sich das Land bis heute stark über seine Literatur identifiziert. Und aus Island stammen nun auch die wichtigsten Werke, die uns bis heute Auskunft geben über die Mythologie der Nordgermanen.

Die eddische Dichtung

Die wichtigste Quelle für die Sagenwelt des Nordens ist die sogenannte eddische Mythologie, eine Kunstdichtung aus dem mittelalterlichen Island. Die Texte wurden bis ins 13. Jahrhundert aufgeschrieben, aber auch sie bilden, wie bereits erwähnt, nicht den tatsächlichen Volksglauben ab.

Die Texte erzählen von Göttern und Helden und enthalten gleichzeitig den Schöpfungsmythos dieser Welt. Im Großen und Ganzen unterscheidet man hier zwei Werksammlungen: die »Lieder-Edda« und die »Prosa-Edda«.

Die Lieder-Edda

Dieses Textcorpus ist eine Sammlung von Dichtungen unbekannter Autoren. Sie gilt als die ältere der beiden Textsammlungen der eddischen Dichtung. Die Sammlung ist zweigeteilt. Im ersten Teil finden sich 16 Götterlieder, in denen Motivkreise der nordischen Mythologie behandelt werden. Der zweite Teil erzählt in 24 Heldenliedern von Personen aus der Völkerwanderungszeit, hier finden sich aber auch die Erzählungen rund um die Nibelungen. Die zentrale Version der Lieder-Edda ist im »Codex Regius« überliefert, einer isländischen Handschrift aus dem 13. Jahrhundert. Obwohl die Lieder-Edda nach wie vor als die ältere der beiden Edda-Versionen gilt, ist die Niederschrift des »Codex Regius« selbst erst nach derjenigen der »jüngeren« Prosa-Edda zu datieren. Und um das Ganze noch etwas verwirrender zu machen: Zu den Liedern der älteren, also der Lieder-Edda, werden neben den im »Codex Regius« überlieferten Texten auch noch solche gezählt, die dort keineswegs enthalten sind, etwa »Baldrs drauma« (»Balders Träume«), die »Rigsþula« (»Rigs Merkreihe«) oder das »Hyndluljóð« (das »Hyndlalied«).

Es würde zu weit führen, hier jedes der Lieder aus der Sammlung im Einzelnen vorzustellen. Zu den bedeutenden Götterliedern gehören aber:

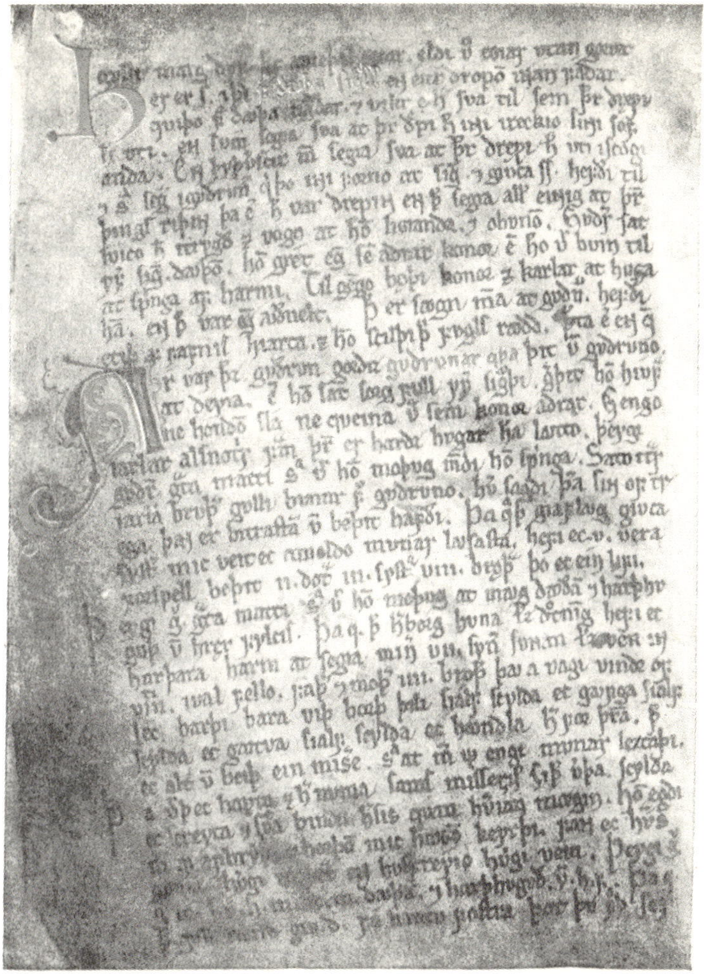

Ein Blatt aus der ältesten Handschrift der älteren Edda,
dem Codex Regius
der königl. Bibliothek zu Kopenhagen, Nr. 2365.
(XIII., vielleicht schon XII. Jahrhundert.)

Faksimile eines Blattes aus dem »Codex Regius«, aufbewahrt im Dänischen Nationalmuseum Kopenhagen.

- die **»Völuspá«** (»der Seherin Weissagung«): das erste Gedicht in der Sammlung des »Codex Regius« und sowohl das wichtigste der Lieder-Edda als auch des gesamten nordischen Mittelalters; es besteht aus 66 Strophen (davon 62 im »Codex Regius«), der Form nach ist es ein »visionärer Monolog«; das Lied berichtet von der Erschaffung der Welt, von der Urgeschichte der Götter und Menschen, von Riesen und Zwergen, vom Krieg zwischen Wanen und Asen und schließlich von den Ragnarök, dem Ende der Welt.
- das **»Grímnismál«** (»das Lied von Grímnir«): Es enthält mythologischen Lehrstoff; man erfährt aus diesem Text unter anderem etwas über die Götterwohnungen, über die Weltesche Yggdrasill sowie über die gesamte Kosmologie.
- die **»Lokasenna«** (»Lokis Spottrede«): Der Text ist eine Schimpfrede des Gottes Loki, aus der man einen recht vollständigen Überblick über das Pantheon der Götter erhält und gleichzeitig einiges über deren Charakter erfährt.

Andere Texte, wie etwa das »Hymiskviða« (»das Lied von Hymir«), das »Þrymskviða« (»das Lied von Thrym«) oder das »Alvíssmál« (»das Lied von Alvis«) haben einzelne Episoden der Mythologie zum Inhalt, die aus dem Leben und Wirken von Göttern, Riesen oder Zwergen erzählen.

Um abschließend noch ein verbreitetes Missverständnis zur Urheberschaft dieser Textsammlung aufzugreifen: Lange Zeit hat man angenommen, die Lieder-Edda sei von dem Gelehrten Sœmundr inn fróði (auch Sœmundr Sigfússon, 1056–1133 n. Chr.) aufgezeichnet worden. Und obwohl er tatsächlich einige Werke verfasst haben soll, darunter eine Geschichte der norwegischen Könige, ist von ihm nichts Schriftliches erhalten. Allerdings ist Sœmundr selbst kurz nach seinem Tod zum Protagonisten einiger Sagen geworden: Er soll sich nämlich in magischen Praktiken ausgekannt und sich sogar vorübergehend mit dem Teufel verbündet haben. Magier oder Gelehrter, eins war er jedenfalls definitiv nicht: der Verfasser der Lieder-Edda.

Die Prosa-Edda

Dieses Werk, das auch »jüngere Edda« oder »Snorra-Edda«, nach ihrem Verfasser, dem isländischen Dichter und Historiker Snorri Sturluson, genannt wird, widmet sich zum einen der Mythographie und zum anderen der Dichtungstheorie. Unter »Mythographie« versteht man die wissenschaftlich-philologische Sammlung von

Info

Snorri Sturluson – Dichter und Politiker

Er ist der Schöpfer eines der wichtigsten Werke der altnordischen Dichtung und eine unserer wichtigsten »Auskunftsquellen« zur altnordischen Mythologie: Snorri Sturluson (1178/79 – 23. September 1241). Snorri war ein altisländischer Skalde (Dichter) und Historiker. Außerdem war er ein bedeutender isländischer Politiker.

Snorris Eltern waren Sturla Þórðarson und Guðný Böðvarsdóttir. Aufgezogen wurde er, dem Brauch der Zeit entsprechend, seit seinem dritten Lebensjahr nicht von seinen Eltern, sondern von Jón Loftsson (1124–1197), der als einer der einflussreichsten Goden und klügsten Männer Islands beschrieben wird.

Bei ihm in Oddi, einem kulturellen Zentrum des mittelalterlichen Island, lernte Snorri das Lesen und Schreiben und bekam Unterricht in Latein, Theologie, Geographie und isländischem Recht. Snorri war zweimal verheiratet, die meiste Zeit seines Lebens verbrachte er in Reykholt, 108 Kilometer von der heutigen isländischen Hauptstadt Reykjavík gelegen (siehe links: Statue des Skalden Snorri in Reykholt).

Snorri gilt als Autor der »Snorra-Edda« (auch »Prosa-Edda«, unpräzise »jüngere Edda« genannt). Das Werk setzt sich aus vier Teilen zusammen: »Prologus« und »Gylfaginning« bilden eine Einführung in die nordische Mythologie. Das »Skáldskaparmál« als Poetologie informiert über die skaldischen Stilmittel. Den letzten, wahrscheinlich aufgrund von Snorris gewaltsamem Tod unvollendeten Teil bildet das »Háttatal«, eine Verslehre.

Darüber hinaus ist Snorri mit großer Sicherheit der Autor vieler Teile der »Heimskringla«, einer

Geschichte der norwegischen Könige. Manche vermuten außerdem wegen einiger Stilähnlichkeiten zwischen der »Heimskringla« und der »Egils saga«, dass er auch der Urheber dieses Textes sei.

Snorris Familie, die Sturlungar, galten als eine der mächtigsten Familien im Land, er selbst hatte den Ruf eines bedeutenden Politikers. Zweimal hatte er als »Gesetzessprecher« die einflussreichste Position im isländischen Parlament, dem Althing, inne.

Seinen Lebensmittelpunkt hatte Snorri in Island, zweimal in seinem Leben hielt er sich in Norwegen auf: Im Sommer 1218 besuchte er dort den Jarl (eine Variante des nordischen »Fürsten«) Skule Bårdsson und wurde sein Gefolgsmann. Der zweite Aufenthalt in Norwegen dauerte von 1237 bis 1239. In dieser Zeit ließ sich Jarl Skuli allerdings in einen fatalen Aufstand gegen den norwegischen König Håkon Håkonarson verwickeln. Der Jarl selbst wurde 1240 in Bergen getötet. Snorri hatte entgegen dem Verbot des Königs 1239 Norwegen zwar wieder in Richtung Island verlassen. Auch er wurde allerdings nur wenig später, im Jahr 1241, von seinem früheren Schwiegersohn Gissur Þorvaldsson getötet. Dieser Mord scheint sich für Gissur gelohnt zu haben. Er wurde später von König Håkon zum neuen Jarl auf Island ernannt.

Noch eine kurze Anmerkung zum Namen: In diesem Buch – wie übrigens in der gesamten Sekundärliteratur – ist immer wieder lediglich von »Snorri« die Rede. Das liegt nicht an einem besonders familiären Verhältnis zu diesem Dichter. Sondern im Isländischen werden üblicherweise nur die Vornamen verwendet. Was sich wie ein Nachname liest, ist eigentlich nur der Vatername. Snorri Sturluson heißt demnach »Snorri, Sohn des Sturla«. Snorri ist bis heute ein beliebter isländischer Vorname.

Wer einmal nach Island kommt, dem sei übrigens der Besuch von Snorris privatem Bad empfohlen. Er hatte sich nämlich nahe seinem Haus ein Bad bauen lassen, das von einer der für Island typischen heißen Quellen gespeist wurde. Dieses Bad steht noch heute und gilt als Touristenattraktion, da es eines der letzten erhaltenen Bauwerke aus dem 13. Jahrhundert in Island ist (siehe Bildtafel nach S. 96 [Snorris Bad]).

Mythen. Eines der Hauptanliegen Snorri Sturlusons war es demnach, den Sagenschatz der nordischen Mythologie zu sammeln, zu systematisieren und damit einen Stoffkreis der Nachwelt zu erhalten, von dem er befürchtete, dass er durch die zunehmende Christianisierung Islands allmählich verloren gehen könnte. Und so sind große Teile seiner Edda tatsächlich die wohl umfangreichste Überlieferung der nordgermanischen Mythologie, die wir heute besitzen. Literaturwissenschaftlich spricht man bei seinem Werk von einer »Kompilation«, das heißt, Snorri hat die unterschiedlichsten literarischen Quellen ausgewertet und zusammengestellt. Als wichtigste Vorlage dienten ihm dabei die Lieder der älteren Edda, darüber hinaus hat er für sein Werk aber auch uns heute unbekannte Texte ausgewertet. Erhalten ist die Snorra-Edda in vier Handschriften, allerdings stammt keine von ihnen direkt von Snorri Sturluson.

Die Snorra-Edda gliedert sich in drei Hauptteile und einen vorangestellten Prolog: In den »Gylfaginning« (»Gylfis Täuschung«) wird von der Mythologie der Germanen erzählt, die »Skáldskarparmál« (»Sprache der Dichtkunst«) ist ein Lehrbuch für »Skalden«, also für die höfischen Dichter Norwegens und Islands. Das »Háttatal« ist eine Verslehre, es enthält eine Zusammenstellung verschiedener

Info

Die Skalden – altnordische Hofdichter

Immer wieder taucht im Zusammenhang mit der altnordischen Literatur der Begriff »Skalde« auf. Skalden (altnord. ***skáld*** oder ***skæld*** = »Dichter«) waren höfische Dichter im mittelalterlichen Skandinavien, vorwiegend in Norwegen und Island. Ihre Kunst nennt sich Skaldendichtung beziehungsweise Skaldik, eine der nordischen Kunstgattungen neben den Sagas und der eddischen Dichtung. Anders als die Texte der älteren, also der Lieder-Edda sind die Texte der Skalden nicht anonym überliefert, sondern sie lassen sich einem bestimmten Autor, eben dem jeweiligen Skalden zuordnen. Die Texte der Skaldik sind im höfischen Versmaß abgefasst, man könnte Skaldendichtung also als »mittelalterliche norwegische und isländische Hofpoesie« bezeichnen. Darüber hinaus wird unter diesem Begriff aber insgesamt jede gebundene altnordische Dichtung gefasst.

Ganz ideal ist die Trennung zwischen eddischer und Skaldendichtung nicht, denn zum einen ist die Prosa-Edda keineswegs anonym verfasst, sondern stammt – wie erwähnt – vom isländischen Skalden Snorri Sturluson, anders herum gibt es aber auch anonyme Skaldentexte. Im engen Sinne versteht man unter Skaldendichtung das Preislied auf einen meist noch lebenden Fürsten.

Versmaße altisländischer Dichtung. Dieser vierte Teil der Edda gilt als nicht-übersetzbar.

Wenn in den Ausführungen zur germanischen Mythologie in diesem Buch die Snorra-Edda wiedergegeben wird, dann handelt es sich meistens um Zitate aus dem ersten Teil, den »Gylfaginning«:

Dieser Teil enthält den gesamten germanischen Kosmos, von der Entstehung der Welt bis zu ihrem Ende. Es ist eine Art Märchenwelt aus Göttern, Menschen, Riesen, Zwergen, Alben und anderen Fabelwesen. Als literarische Form hat Snorri den sogenannten didaktischen Dialog gewählt, der ihm aus lateinischen Werken wie etwa dem »Gregoriusdialog« bekannt gewesen sein dürfte. Er griff damit auf ein geläufiges Stilmittel des lateinischen Mittelalters zurück.

In der Rahmenhandlung der »Gylfaginning« zieht der sagenhafte schwedische König Gylfi in Verkleidung und zudem unter dem falschen Namen Gangleri nach Asgard, ins Reich der Götter, um dort die Weisheit der Götter kennenzulernen. Er trifft hier in einer Halle auf die drei Götter Hárr (»der Hohe«), Jafnhárr (»der ebenso Hohe«) und Thriði (»der Dritte«). Im nun folgenden Frage-und-Antwort-Spiel zwischen König und Göttern entfaltet Snorri Sturluson über zahlreiche Einzelabschnitte die gesamte Welt der Mythologie vom Urkosmos bis zum Weltende, den Ragnarök.

Im zweiten Teil der Edda, dem »Skáldskarparmál«, führt Snorri in erster Linie in die Lehre der Skaldendichtung ein. Allerdings finden sich auch hier immer wieder einzelne Episoden aus der Mythologie, so etwa der Mythos vom Skaldenmet, der Raub der Göttin Iðunn, Thors Kämpfe mit den Riesen und einige von Lokis Taten. Daneben liest man hier auch einzelne Erzählungen aus dem Sagenkreis der Nibelungen.

Abschließend sei noch auf zwei besondere Stilelemente hingewiesen, die Snorri im zweiten Teil seiner Edda ausführlich behandelt und auf die man immer wieder stößt, wenn man sich mit der eddischen Dichtung beschäftigt: zum einen auf die »Kenningar«. Das sind für die altisländische Literatur typische mehrgliedrige poetische Umschreibungen einfacher Begriffe. Um sie zu entschlüsseln, muss der Leser über ein gewisses Hintergrundwissen verfügen. Klassische Kenningar der Mythologie etwa sind »Thing der Waffen« für den Kampf oder »Walstraße« für das Meer.

Aus nur einem Wort bestehen die »Heiti«, sie haben die Funktion einer differenzierenden Metapher. Auch um sie zu entschlüsseln, muss man als Leser sehr ge-

Titelblatt einer Ausgabe der Snorra-Edda von 1666.

naue Vorkenntnisse des jeweiligen literarischen Stoffes mitbringen. So steht etwa das Heiti »der Gierige« für den Wolf oder auch für das Feuer, der »große Redner«, der »Heervater« oder »Allvater« sind Synonyme für den Gott Odin. Bei einem Heiti wird jeweils ein bestimmter Aspekt der umschriebenen Figur hervorgehoben. Zu beiden, den Kenningar und den Heiti, finden sich im »Skáldskarparmál« umfangreiche Auflistungen. Auch aus ihnen erfahren wir heute weitere Details zum Kosmos der germanischen Mythologie.

Weitere Quellen

Die beiden Eddas sind zweifelsohne die umfangreichsten Quellen zur Mythologie der Nordgermanen. Der Vollständigkeit halber sollen hier aber in aller Kürze auch die anderen Werke genannt werden, in denen sich Angaben zur germanischen Sagenwelt finden.

Erwähnt sei an erster Stelle die »Heimskringla« (»der Weltenkreis«, um 1230), als dessen Verfasser man heute Snorri Sturluson annimmt. Das Buch ist an sich eine Chronik der norwegischen Könige, der erste Teil, die »Ynglingasaga«, behandelt die sagenhaften und damit rein fiktionalen Anfänge des historischen Geschlechts der schwedischen Ynglinger und die Ankunft der nordischen Götter in Skandinavien.

Auskunft zur Mythologie der Germanen gibt außerdem das »Hauksbók«, eine altisländische Handschrift aus dem 14. Jahrhundert, die nach ihrem vermuteten Verfasser Haukr Erlendsson (gest. 1334) benannt wurde. Die Handschrift enthält Versionen von zum Teil bedeutenden altnordischen Texten und Sagas, wie beispielsweise die »Landnámabók«, die »Fóstbrœðra saga«, die »Eiríks saga rauða«, die »Hervarar Saga« und die »Völuspá«, letzterer Text ist Teil der Lieder-Edda.

Wenig über die Mythologie, dafür aber immerhin einige kleine Details über tatsächliche religiöse Kulte – oder zumindest Vermutungen dazu – finden sich in der »Gesta Hammaburgensis ecclesiae pontificum«, der Hamburgischen Kirchengeschichte des Klerikers und Chronisten Adam von Bremen (vor 1050–1081/85). Er berichtet hier über die Bistümer Hamburg und Bremen im Frühmittelalter, außerdem enthält sein Werk eine Völker- und Landeskunde Nordmitteleuropas.

Etwas später, dafür aber in Teilen wieder stärker im Reich der Mythologie angesiedelt, ist die »Gesta Danorum« (»Die Taten der Dänen«), eine 16-bändige Ge-

Zitat

Die nordische Urzeit im Original

Da es eine Reihe sehr guter Übersetzungen der beiden Eddas ins Deutsche gibt, bestünde eigentlich keinerlei Notwendigkeit, sich durch den Originaltext zu arbeiten.

Allerdings geht von Originalzitaten, ob man sie nun versteht oder nicht, immer ein ganz eigenes Flair aus, das Übersetzungen nicht einfangen können. Deshalb hier ein kleiner Ausschnitt aus dem Schöpfungsmythos, wie er sich in der »Völuspá« aus der Lieder-Edda findet.

> Ár var alda þar er Ýmir bygði,
> vara sandr né sær né svalar unnir,
> jörð fannsk æva né upphiminn,
> gap var ginnunga, en gras hvergi.

Zugegeben, man versteht schlicht gar nichts. Und man kann sich eigentlich auch gar nichts erschließen, wie das bei anderen Fremdsprachen ja bisweilen noch gelingt. Darum hier die Übersetzung, die Erklärungen zum Inhalt finden sich in den nächsten Kapiteln:

> Urzeit war es, da Ymir hauste:
> nicht war Sand noch See noch Salzwogen,
> nicht Erde unten, noch oben Himmel,
> Gähnung grundlos, doch Gras nirgend.*

* Originaltext und Übersetzung aus: Wikipedia, Stichwort »Ginunngagap«.

schichte Dänemarks des Saxo Grammaticus (1140–1220). Lange Zeit galten die ersten neun Bücher als eine Art Ergänzung zur Edda, da Saxo hier aus dem Sagenschatz der Germanen schöpft. Mittlerweile geht man jedoch davon aus, dass er sich spätestens ab dem dritten Buch an die Historie hält, allerdings dienen Götter wie etwa Odin immer wieder als Erklärungsmodelle für Entwicklungen, die dem

Autor anders nicht einleuchtend erscheinen. Den Beinamen »Grammaticus« erhielt Saxo übrigens wegen seines für diese Zeit bereits ungewöhnlich geschliffenen klassischen Lateins. Mit der Niederschrift seines Geschichtswerks begann er um das Jahr 1185.

Das vollständigste Werk zur Mythologie der Nordgermanen stammt aber unbestreitbar von Snorri Sturluson. Allerdings haben ihm längst nicht alle der oben genannten Geschichtswerke vorgelegen. Dafür hat er im Gegenzug auch Texte zu Rate gezogen, über die wir heute nichts mehr wissen.

Snorri hat in seiner Edda vor allem den Versuch einer Systematisierung von oft genug uneinheitlichem Quellenmaterial vorgenommen. Wer sein Werk liest, wird demzufolge Unstimmigkeiten und Widersprüche entdecken. Außerdem ist diese Edda-Fassung durch Snorris christlichen Hintergrund mitbeeinflusst.

Es bleibt also festzuhalten, dass es die eine, alleingültige germanische Mythologie vermutlich nie gegeben hat. Snorri hat mit seiner Vorgehensweise, zum Teil einander widersprechende Quellen zu harmonisieren, sicher nicht den »Urmythos« wieder freigelegt. Aber er hat einen in sich so weit wie möglich geschlossenen Kosmos geschildert. Und von dem soll im Folgenden erzählt werden.

DIE MYTHOLOGIE DER NORDGERMANEN

Es würde nicht nur viel zu weit führen, in diesem Buch zu jeder Figur und jeder Geschichte alle Überlieferungsvarianten aus dem Quellenmaterial aufzulisten, sondern es würde auch für Konfusion bei der Lektüre sorgen. Insofern stütze ich mich bei meinen Ausführungen auf die am häufigsten überlieferte Version. Die stammt zwar nicht immer, aber doch in den meisten Fällen von Snorri Sturluson.

Die Erschaffung der Welt

Religion und Mythologie sind nicht identisch, das wurde ja inzwischen mehrfach betont. Besonders deutlich zeigt sich das nun beim Weltbild: Betrachtet man nämlich überlieferte Votivtexte, dann entdeckt man, dass die bäuerliche Bevölkerung eine durchaus positive Einstellung zum Schicksal und den schicksalsbestimmenden Mächten hatte. Ein ganz anderes Bild zeigt sich dagegen in den Texten der Skalden aus Norwegen und Island.

In der Welt dieser Dichter nimmt die Schöpfung gar keinen guten Verlauf. Im Gegenteil, man könnte eher von einem ausgeprägten Pessimismus sprechen. Knapp zusammengefasst: Irgendwann verbünden sich sämtliche Ungeheuer der germanischen Sagenwelt und alles geht unter: Götter, Menschen, die ganze Welt.

Aber gehen wir an den Beginn zurück!

Am Anfang des germanischen Schöpfungsmythos stehen Urchaos und – Urrind. Nein, das ist kein Schreibfehler, die Rede ist tatsächlich von einer Milchkuh.

Das nordische Urchaos hat auch einen Namen: Ginnungagap, altnordisch, *gap ginnunga*, bedeutet die »Kluft der Klüfte«, die »gähnende Schlucht«, eine andere Bezeichnung ist auch Himthusen. Der Edda zufolge ist es der leere Raum am Anfang des Weltgeschehens. Zur »geographischen« Einordnung: In der Urzeit, noch vor der Schöpfung, lag Ginnungagap zwischen dem feurigen Muspellsheim (altnord. Muspellzheimr) im Süden und dem eisigen Niflheim im Norden.

Dort, in Niflheim, liegt die Quelle Hvergelmir (bisweilen ist auch die Rede von einem Brunnen Hvergelmir), deren Wasser die elf Flüsse Élivágar speist. Die Quelle ergoss also in dieser Vorzeit in den Ginnungagap ihr eisiges Wasser, das sich durch die Hitze Muspellsheims erwärmte. Und aus diesem Zusammentreffen von Hitze und Eis entstand als erstes Wesen der Riese Ymir. Eine Wurzel des Weltenbaums Yggdrasill – von ihm wird später noch genauer die Rede sein – erstreckt sich über Niflheim.

Gut, das sind jetzt viele neue Namen auf einmal, da kann man schnell den Überblick verlieren. Deshalb nun noch einmal im Detail.

Der Brunnen / die Quelle Hvergelmir

Beginnen wir mit der Quelle oder dem Brunnen Hvergelmir: Die Überlieferung ist hier, wie bei vielen Orten oder Figuren der Mythologie, nicht ganz eindeutig – und das nicht einmal im selben Epos desselben Autors. In einem Abschnitt der Prosa-Edda des Snorri Sturluson nämlich ist es die Quelle in Niflheim, aus der die Flüsse Élivágar entspringen. In zwei weiteren aus derselben Prosa-Edda handelt es sich um die Quelle unter der Weltesche Yggdrasill.

Noch etwas anders gestaltet sich die Geschichte in der Lieder-Edda. Hier nämlich ist Hvergelmir lediglich die Quelle, aus der die Flüsse der Welt entspringen. Und hier nagt der Hirsch Eikthymir an den Zweigen des Baums Lœraðr – der Name ist möglicherweise eine andere Bezeichnung für die Weltesche Yggrdrasill –, von seinem Geweih fallen dabei Tropfen in die Quelle. Neben dem Hirsch tut sich übrigens noch die Ziege Heiðrun am Baum gütlich und produziert dabei Met, wie auch immer ihr das möglich ist.

Und weil das ganze Durcheinander mit den Namen so schön ist und man nie weiß, wann man in welchem Text auf welche Bezeichnung stößt, gleich noch ein paar weitere Namen: Denn in anderen Texten ist in der Nähe der Weltesche Yggdrasill nicht nur besagter Brunnen Hvergelmir zu finden, sondern auch noch der Urd- und der Mimisbrunnen. Man kann aber davon ausgehen, dass sie alle drei immer dieselbe Quelle Hvergelmir bezeichnen. Die Quelle ist übrigens auch die Heimat einiger wirklich freundlicher Wesen: Hier haben unter anderem der Drache Níðhöggr (zu Deutsch: »der hasserfüllt Schlagende«) und die Schlangen Goinn und Moinn ihr Zuhause.

Diese Quelle nun speist die Flüsse Élivágar. Ihr offenbar nicht ganz ungiftiges Wasser strömt in den Graben Ginnungagap, wo es als Eis und Reif auf die glühenden

Die Göttin Freyja als Skulptur des deutschen Bildhauers Gerhard Marcks aus dem Jahr 1950.

Gefjon mit ihren Stieren, Statue auf dem
Gefjon-Brunnen in Kopenhagen.

Ymir und Auðhumbla, Skulptur des isländischen Künstlers Einar Jónsson (1874–1954).

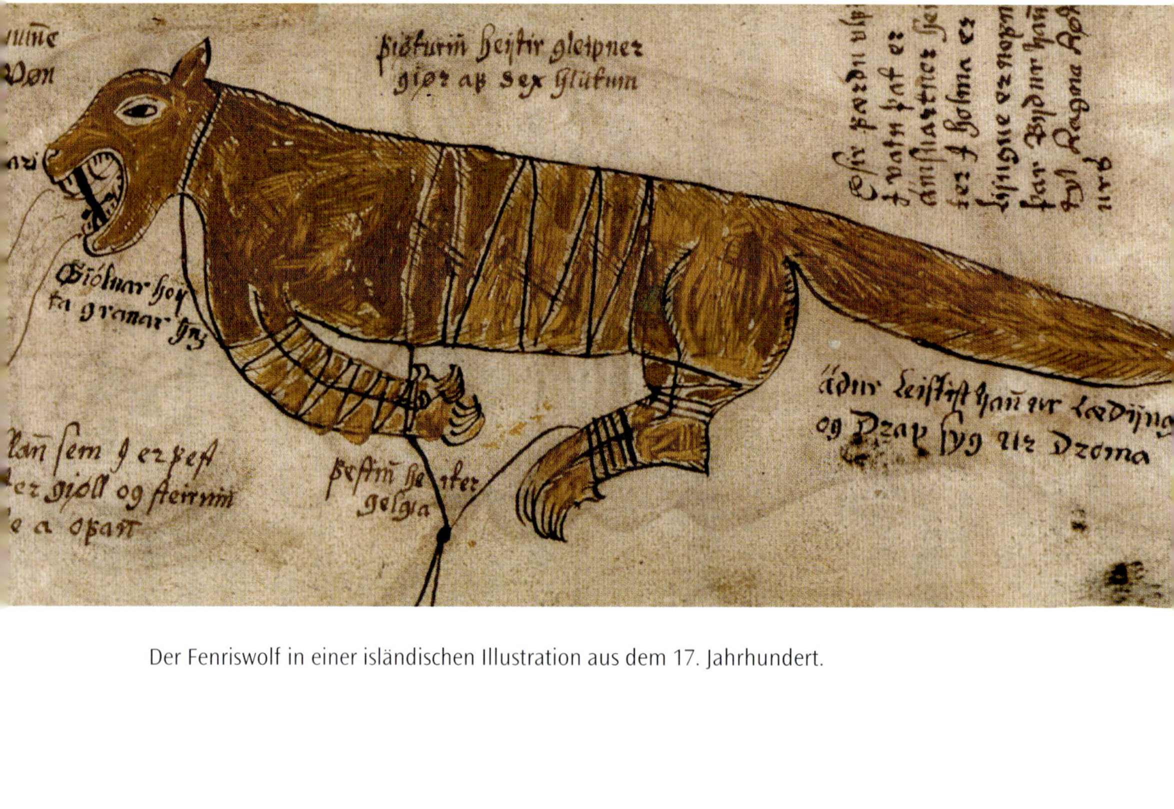

Der Fenriswolf in einer isländischen Illustration aus dem 17. Jahrhundert.

Das Bild zeigt Lokis »liebenswerte« Nachkommen: den Fenriswolf, die Midgardschlange und die Göttin Hel. Die Frau links im Bild stellt vermutlich die Mutter Angrboða dar.

So kennt man ihn: ein kraftstrotzender Thor mit Hammer.
Ölgemälde von Mårten Eskil Winge aus dem Jahr 1872.

Ganz sicher ist es zwar nicht, aber wahrscheinlich zeigt diese Bronzestatue aus dem isländischen Nationalmuseum den Gott Thor.

Thors Fischzug auf dem Runenstein im schwedischen Altuna.

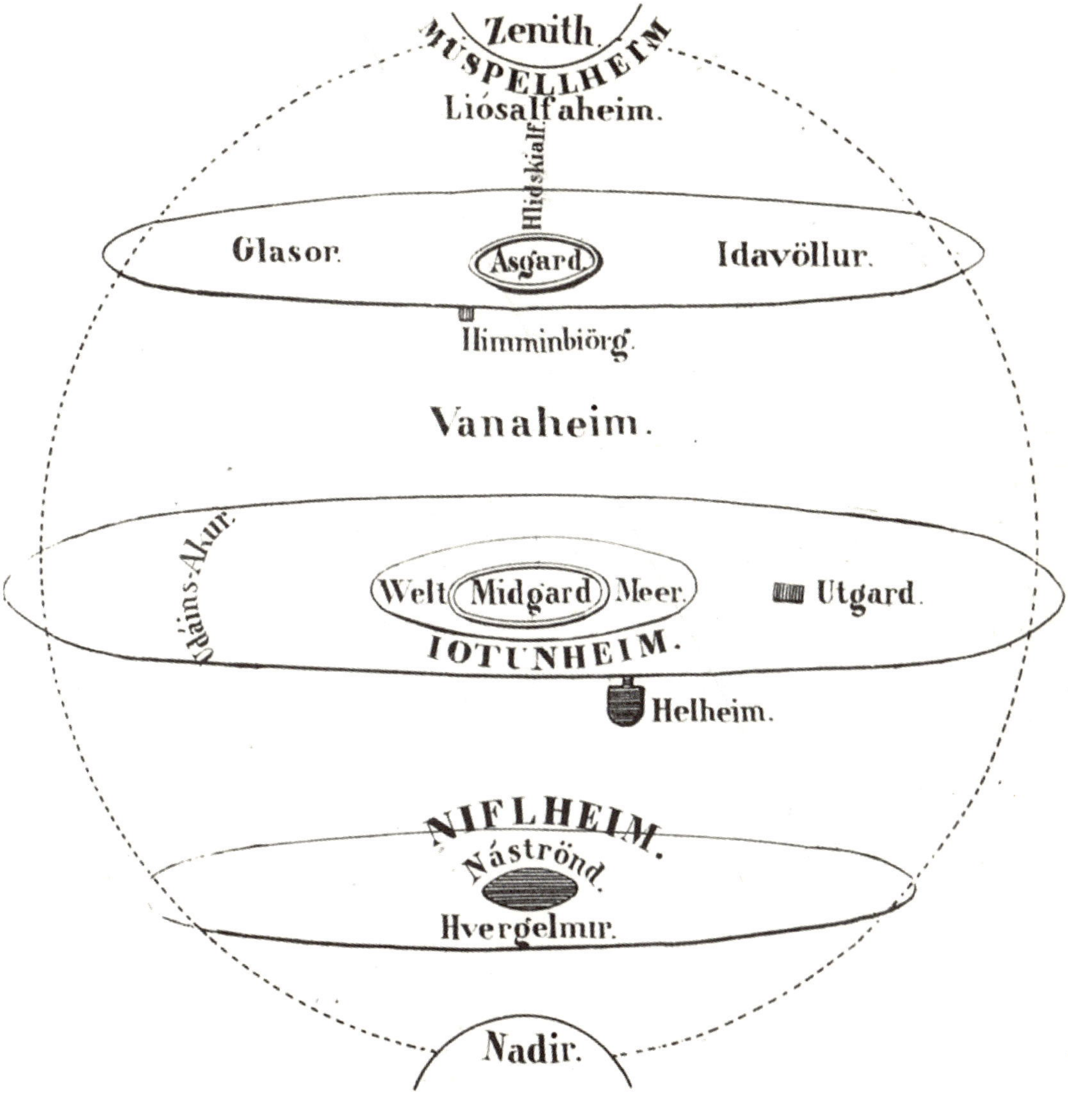

Die Sphären der nordischen Götterwelt.

Funken und die Hitze der Feuerwelt Muspellsheim trifft. Im schmelzenden Eis entsteht das erste organische Leben, der Riese Ymir.

Niflsheim und Muspellsheim

Der Name Niflsheim, der »dunkle Ort«, ist fester Bestandteil in der Kosmologie des Snorri Sturluson. An zwei Stellen seiner Edda identifiziert er diesen eisigsten Punkt der Welt sogar mit der Unterwelt Hel, einmal sogar mit Niflshel, der neunten Welt unter der Erde, also der schrecklichsten aller Höllen.

Auch der Name für den heißesten Ort der Welt, für Muspellsheim, findet sich erst in der Dichtung Snorris. Das Wort »Muspells« bezeichnet wahrscheinlich im Germanischen das »Weltende durch Feuer«. Ein allzu positives Gegenstück zu Niflheim ist dieser Hitzepol demnach nicht. Allerdings entstehen durch die Fun-

Die Lavahöhle Surtshellir.

Die Insel Surtsey, 30 Kilometer vor der Südküste Islands gelegen.

ken aus Muspellsheim die Himmelskörper Sonne, Mond und Sterne, die von den Göttern später am Himmel befestigt werden.

Herrscher über Muspellsheim ist der Feuerriese Surtr, »der Schwarze«. Er wird später einen entscheidenden Anteil am Untergang der Welt haben, aber noch sind wir ja bei deren Entstehung. Übrigens: So destruktiv Surtr in der Mythologie auch sein mag, im heutigen Island hat er sich seinen Platz gesichert: So ist zum einen die vulkanische Höhle »Surtshellir« nach ihm benannt, die der Sage nach im alten Island als Unterschlupf für Gesetzlose diente. Und auch die erst 1963 durch eine Serie von untermeerischen Vulkanausbrüchen entstandene Insel »Surtsey« geht auf den Feuerriesen zurück (siehe Foto S. 35). Übersetzt heißt Surtsey »Insel des Surtr«. Ausgesprochen warm ist es dort zwar nach mitteleuropäischen Vorstellungen nicht, aber immerhin liegt Surtsey ganz im Süden Islands. Allerdings sorgt die raue See dafür, dass die Insel allmählich wieder kleiner wird, und außer zu wissenschaftlichen Zwecken darf sie nicht betreten werden.

Die Urkuh Auðhumbla

Aber noch einmal zurück zum Anfang: Aus Eis und Feuer ist der Riese Ymir entstanden. Aber auch noch von einem anderen Urwesen war weiter oben die Rede: von der Urkuh Auðhumbla, was übersetzt so viel heißt wie »hornloser Reichtum« (siehe Bildtafel nach S. 32 [Skulptur von Ymir und Auðhumbla]). Sie ist aus dem tauenden Urreif entstanden. Wie das genau vor sich ging, darüber findet sich in der Überlieferung nichts. Die Kuh war eben einfach da, und sie steht in nahezu allen Kulturkreisen für Fruchtbarkeit, ist also keine Absurdität aus dem Kosmos der Nordgermanen. Allerdings gibt es in der germanischen Mythologie nur eine einzige Quelle, die von dieser ersten aller Kühe erzählt, nämlich Snorris Prosa-Edda. Dort allerdings rankt sich um die sagenhafte Kuh gleich eine ganze Geschichte: Aus ihrem Euter laufen nämlich vier Milchströme, von denen sich Ymir ernährt. Und nicht genug damit: Als die Kuh nämlich an den salzigen, bereiften Steinen leckt, kommen am Abend des ersten Tags Menschenhaare hervor, am anderen Tag der Kopf eines Mannes, und am dritten Tag zeigt sich der ganze Mann. Er heißt Buri, ist groß und stark und schön, und er ist der Stammvater aller Götter.

Noch ein Satz zu den vier Milchströmen der Kuh: Man vermutet, dass hier Snorris christliche Bildung zum Tragen gekommen ist. Denn auch im Alten Testament (Gen. 2, 10–13) ist von den vier Paradiesflüssen die Rede:

Auðhumbla leckt Buri aus dem Eis. Aus einer isländischen Handschrift des 18. Jahrhunderts.

[10]Ein Strom entspringt in Eden, der den Garten bewässert; dort teilt er sich und wird zu vier Hauptflüssen. [11]Der eine heißt Pischon; er ist es, der das ganze Land Hawila umfließt, wo es Gold gibt. [12]Das Gold jenes Landes ist gut; dort gibt es auch Bdelliumharz und Karneolsteine. [13]Der zweite Strom heißt Gihon; er ist es, der das ganze Land Kusch umfließt. Der dritte Strom heißt Tigris; er ist es, der östlich an Assur vorbeifließt. Der vierte Strom ist der Euphrat.

Der Urriese Ymir

Buri hat einen Sohn Burr (auch: Borr), ob alleine oder mit Riesin gezeugt, dazu sagt die Edda nichts, und dieser Burr zeugt nun seinerseits gemeinsam mit der Riesentochter Bestla die ersten Götter: Odin, Vili und Vé. Bestla ist übrigens die Tochter des Riesen Bölthorn.

Aber wir bleiben noch kurz bei Ymir, dem ersten aller Riesen. Sein Name bedeutet so viel wie »Zwilling« oder »Zwitter«. Darin klingt auch das Rätsel seiner wundersamen Vermehrung an. Denn Ymir zeugt seine Kinder durch »Autogamie«, wie sich diese Form des Geschlechtslebens im Fachausdruck nennt: Während er schläft, wachsen aus dem Schweiß unter seiner Achsel ein namenloser Mann und eine ebenso namenlose Frau. Aber nicht genug damit, auch seine Füße führen ein autogames Liebesleben und zeugen auf schwer beschreibbare Weise einen Sohn. Von ihm stammen die Riesen der nordgermanischen Mythologie ab, was aus den beiden namenlosen anderen Kindern wird, darüber schweigen sich Lieder- und Snorra-Edda aus.

Die gesamte Produktion dieser Riesen muss relativ schnell vonstattengehen, immerhin zeugt Burr, der Sohn des von der Urkuh aus dem Eis freigelegten Buri, mit der Riesentochter Bestla die ersten drei Götter.

Und genau die werden für den Urriesen Ymir zum Problem. Sie ermorden ihn nämlich. Und erbauen dann aus den Teilen seines Körpers die Welt: Aus seinem Fleisch wird die Erde, aus dem Blut werden das Meer und alle anderen Gewässer, aus seinen Knochen Felsen und Gebirge, aus seinem Haar die Bäume, aus den Augenbrauen Midgard, der Teil der Welt, in dem die Menschen leben, aus seinem Schädel der Himmel und aus seinem Gehirn die Wolken.

Das Ganze geht recht martialisch weiter: Im Blut des Urriesen ertrinken später alle Riesen der Vorzeit – hier ist nicht völlig auszuschließen, dass Snorri an die biblische Sintflut gedacht hat. Nur der Riese Bergelmir, ein Enkel des Ymir, entkommt, möglicherweise gemeinsam mit seiner Frau. Er wird der Urvater der späteren Hrimthursen, der Reif-, Frost- und Eisriesen.

Info

Noch mehr über Riesen

Sie stehen am Beginn der Schöpfungsmythologie, werden dann bis auf einen vernichtet und erwachsen zu neuer Blüte: die Riesen.

Was sind das eigentlich für Wesen? Will man sie der Mythologie etwas entheben, dann könnte man sagen, sie stehen für die Naturgewalten: Sturm, Feuer, Überflutungen, Orkane usw. Dementsprechend sind viele dieser Riesen alles andere als freundliche oder gar den Menschen wohlgesinnte Wesen.

Der Oberbegriff für die Riesen lautet Jötunn, und in dieser Bezeichnung steckt zunächst noch keine Wertung, anders als in den Begriffen Thurs und Troll. Das heißt, es gibt freundliche und weniger freundliche Jötunn.

Anders ist das bei den Hrimthursen (isländisch: Hrímþursar), das sind die Frost-, Eis- und Reifriesen.

Sie alle sind Nachkommen des inzwischen gut bekannten Riesen Ymir beziehungsweise seines Enkelsohnes Bergelmir.

Riesen haben ein menschenähnliches Aussehen, Riesenfrauen gelten sogar als außergewöhnlich schön, weshalb es der einen oder anderen auch gelingt, sich einen Asen – dazu später mehr – als Partner zu angeln. Die Männer unter den Reifriesen dagegen sind hässlich.

Da die Riesen bereits vor den Göttern existiert haben, wird ihnen in der Mythologie zum einen eine tiefe Weisheit zu-, gleichzeitig aber der Verstand abgesprochen. Außerdem können sie ausgesprochen gewalttätig sein, immerhin verkörpern sie die Naturgewalten. Und sie sind sozusagen von Natur aus Feinde der Götter. Da sie aber eben nicht sonderlich intelligent sind, werden sie von den Göttern häufig betrogen. Und gelegentlich wird der eine oder andere Riese auch von einem Gott erschlagen.

Die Heimat der Reifriesen ist ein Teil Utgards, also der Außenwelt. Dazu schon jetzt eine Erklärung: Die Welt der germanischen Mythologie gliedert sich in drei Bereiche: Utgard, die Welt der Riesen und Trolle, Midgard, die Welt der Menschen, und Asgard, die Welt der Asen oder Götter. Utgard nun liegt in den alten Sagen zunächst im Osten, dort soll es in der Kosmologie der Nordgermanen am kältesten sein. Erst im Verlauf des späten Mittelalters, als die geographischen Kenntnisse besser wurden, siedelten die Dichter ihre Sagas und Geschichten über Riesen immer weiter im Norden, schließlich im Bereich des Polarmeeres an. Der genaue Bereich der Riesen innerhalb Utgards nennt sich Jötunnheim (altnord. Jötunnheimr), also Riesenwelt.

Herrscher über Utgard ist der Riese Utgardloki. Dieser Name ist tatsächlich eine Kombination aus den Worten Utgard, also der Außenwelt, und Loki, dem Gott der Asen. Er ist also der schlaue Riese aus Utgard.

Trolle

Aber die Riesen haben Utgard nicht für sich alleine. Sie müssen sich ihr Reich mit den Trollen teilen. In diesem Wort klingen »Unhold«, »Naturwesen«, aber auch »Riese« mit.

Ursprünglich waren auch die Trolle keine besonders freundlichen Wesen, sie waren plump und unheimlich. Und sie brachten Schaden über die Menschen. Aber anders als die Riesen haben die Trolle es bis in die skandinavische und hier besonders in die norwegische Gegenwart geschafft. Sie zählen fast schon zu den nationalen Symbolen der Norweger. Es gibt sie in Ausfertigungen vom Kunsthandwerk bis zum Kitsch auch zu kaufen, und dementsprechend gehören sie in Norwegen zur Grundausstattung jedes noch so kleinen Souvenirshops. Und sogar eine Bergstraße ist nach ihnen benannt: Die *Trollstigen* (zu Deutsch: Trollsteig), südlich von Åndalsnes in Norwegen, ist nur im Sommer passierbar und so angelegt, dass eigentlich nur Trolle dafür verantwortlich gemacht werden können (siehe Bildtafel nach S. 96 [Verkehrsschild mit Troll]).

Die Riesen in der wirklichen Welt

Eine weitere »Quelle«, wenn man sie denn so nennen kann, findet sich zu den Riesen auch bei Tacitus. Allerdings nur unter Vorbehalt: Um nämlich nicht noch im allerletzten Abschnitt seiner »Germania« seinen Ruf als seriöser Geschichtsschreiber zu ruinieren, verlegt er seine Ausführungen über Fabelwesen, von denen wohlgemerkt auch er nur über Dritte etwas gehört hat, sicherheitshalber gleich selbst ins Reich der Sagen und Mythen:

Cetera iam fabulosa: Hellusios et Oxionas ora hominum voltusque, et corpora atque artus ferarum gerere; quod ego ut incompertum in medium relinquam. (Germ. 46)*
(Das Weitere ist schon sagenumwoben: Die Hellusier und Oxionen sollen Kopf und Antlitz von Menschen, Rumpf und Glieder von Tieren haben; unverbürgte Angaben, die ich als unentschieden auf sich beruhen lasse.)

Mit seiner – bereits von ihm selbst in Zweifel gezogenen – Aussage über Mischvölker aus Menschen und Tieren stand Tacitus bis ins Mittelalter keineswegs alleine da. Die im Text genannten ominösen Hellusier und Oxionen hatten ihren Wohnsitz ganz am Rand der damals bekannten Welt, und das bedeutete: noch nördlich der Finnen. Und ganz so sagenhaft waren sie vielleicht auch gar nicht, zumindest wenn man ihr Erscheinungsbild einer naturwissenschaftlichen Betrachtung unterzieht. Dann nämlich könnte es sich bei diesen rätselhaften Mischwesen schlicht um Seehunde und Seelöwen handeln, wie sie ja in der Nordsee durchaus anzutreffen sind. Mit viel Phantasie ähnelt ihr Kopf denen von Menschen. Was in Kombination mit dem keineswegs menschenähnlichen Körper ein überdimensionales Mischwesen aus Tier und Mensch ergibt.

* Tacitus: »Germania«, Kap. 46, zitiert nach Projekt Gutenberg; http://www.gutenberg.spiegel.de.

Variationen der Erschaffung der Welt

Die Welt an sich ist jetzt erst einmal fertig. Abschließend nun noch zwei Variationen des Schöpfungsmythos.

In der Lieder-Edda ist nicht von Ymir, sondern von einem Riesen Aurgelmir die Rede. Der ist entstanden, weil aus den Flüssen Élivágar Eitertropfen spritzten, die sich allmählich zu einem Riesen formierten. Diesen Riesen Aurgelmir allerdings hat Snorri in seiner Edda kurzerhand mit dem ihm überlieferten Ymir identisch gesetzt, was in der Forschung auch als plausibel angesehen wird.

Und Tacitus schreibt in seiner »Germania« von einem Gott Tuisto / Tuisco:

Celebrant carminibus antiquis (quod unum apud illos memoriae et annalium genus est) Tuisconem deum Terra editum et filium Mannum originem gentis conditorisque.
(Als Stammväter und Begründer ihrer Völkerschaft verherrlichen sie [die Germanen] in alten Liedern – der einzigen Art historischer Überlieferung, die es bei ihnen gibt – den aus der Erde geborenen Gott Tuisto und seinen Sohn Mannus.)
(»Germania«, 2,2)*

Die Söhne dieses Mannus sind ihrerseits die Ahnen der germanischen Völker der Ingävonen, der Herminonen und der Istävonen.

Der Name dieses Urgottes Tuisto wird heute mit »Zwitter« übersetzt. Da er, ähnlich wie der Riese Ymir, als ein zweigeschlechtliches Wesen gilt, kann man durchaus von einer Parallele zum Schöpfungsmythos im Stile der Snorra-Edda sprechen. Stark verallgemeinernd lässt sich daraus also schließen, dass ein solches Zwitterwesen, von dem sowohl die skandinavischen Epen als auch ein römischer Historiker erzählen, im Volksglauben der Germanen tatsächlich vertreten gewesen sein dürfte. Auch in diesem Punkt findet sich also eine kleine Überschneidung zwischen Sagenwelt und tatsächlicher Religion.

Der fertige Kosmos

Die Welt ist jetzt erbaut, aus dem Körper des Riesen Ymir.

Nun könnte man annehmen, die Entwicklung gehe so weiter, schön überschaubar und der Reihe nach: erst mal ein paar weitere Götter, dann Wasser, Erde, Pflanzen, Tiere ...

Aber so einfach ist es leider nicht. Denn wie aus den ersten Göttern die zwei Gruppen der Wanen und Asen entstehen, woher die Zwerge oder Waldgeister kommen und wann wer von ihnen den Kosmos gliedert in Außenwelt, Mittelwelt und Götterwelt, das wird leider nicht überliefert, und schon gar nicht in ordentlicher Chronologie.

* Tacitus: »Germania«, zitiert nach Projekt Gutenberg; http://www.gutenberg.spiegel.de.

Erzählung

Der Riese Thrym und der Hammer

Diese Episode zählt zu den eher humoristischen Abschnitten der germanischen Mythologie, sie ist ausschließlich aus der Lieder-Edda überliefert. Snorri Sturluson, der ja den Kosmos der Mythologie am genauesten ausgearbeitet hat, kennt sie offenbar nicht.

Die »Þrymskviða« (»das Lied von Thrymr«) oder auch »Hammersheimt« (»Heimholung des Hammers«) erzählt in 32 Strophen davon, wie schlecht es einem Riesen bekommt, wenn er einen Gott beklaut.

Erst recht geht das Ganze schief, wenn der Bestohlene der Gott Thor ist und das Diebesgut sein legendärer Kriegshammer Mjöllnir (siehe Bildtafel nach S. 32 [Thor mit Hammer]). Und weil Thrym, der Riese, es offenbar wirklich darauf anlegt, fordert er im Austausch gegen den gestohlenen Hammer die Göttin Freyja als Ehefrau. Thor geht zum Schein auf den Handel ein. Er verkleidet sich selbst als die begehrte Ehefrau in spe und macht sich, begleitet vom schlauen Gott Loki, auf den Weg in die Halle des Riesen. Freyja alias Thor benimmt sich allerdings etwas eigenartig: Sie / Er isst so viel – konkret schafft der verkleidete Gott einen Ochsen, acht Lachse und jede Menge Süßigkeiten –, dass der Riese argwöhnisch wird und Loki ihm erklären muss, woher die Göttin diesen offenbar recht frauenuntypischen Hunger hat: Sie habe acht Tage lang nichts mehr gegessen aus lauter Sehnsucht nach ihrem zukünftigen Bräutigam.

Aber so wichtig ist Thrym Freyjas Tischkultur dann auch nicht – Hauptsache, es wird geheiratet. Die Hochzeitszeremonie beginnt, und da der Riese offenbar trotz allen Stehlens noch einen gewissen Ehrenkodex hat, legt er, wie versprochen, seiner künftigen »Ehefrau« den Hammer in den Schoß. Jetzt endlich kann Thor seine Maskerade aufgeben. Aber inzwischen ist er wirklich ziemlich sauer auf Thrym. Und so erschlägt er kurzerhand ihn und alle anderen Riesen, derer er in dem Moment habhaft werden kann. Auf der Erde wird dieses Morden als gewaltiger Gewittersturm wahrgenommen.

(Im Original nachzulesen ist die Anekdote in der Lieder-Edda, Götterlieder, Lied Nr. 10, »Þrymskviða«.)

Und wo wir schon einmal bei dem sagenhaften Hammer sind: Mjöllnir wurde erschaffen von den Zwergen Sindri und Brokkr. Der Hammer verfehlt sein Ziel grundsätzlich nie und kehrt nach getaner Tat zu seinem Besitzer zurück.

Deshalb verlassen wir nun das Geschehen um die Erschaffung der Welt, wir tun stattdessen so, als wäre diese Welt ab jetzt ganz einfach da, und wenden uns im Folgenden ihren einzelnen Bestandteilen zu.

Der Aufbau der Welt

Midgard

Zur Welt der germanischen Mythologie ist uns ein relativ vollständiges, in sich geschlossenes Bild bereits aus der Lieder-Edda überliefert. Weiter ausgeschmückt hat es darüber hinaus Snorri Sturluson. Dafür hat er allerdings auch Details bemüht, die ihren Ursprung außerhalb der germanischen Mythologie haben dürften.

Der von Menschen bewohnte Bereich heißt Midgard, altnordisch: *miðgarðr.*

Man muss sich diese Welt der Mythologie am ehesten als einen Kreis oder eine Scheibe vorstellen. Das Grundwort *garðr*, wörtlich übersetzt als »Garten«, bezeichnet im Skandinavien des Mittelalters in erster Linie einen Bauernhof, ursprünglich stand es jedoch für eine Einfriedung oder einen Grenzwall. Damit teilt der garðr die Welt in zwei Bereiche: einen innerhalb des Grenzwalls gelegenen und einen, der außerhalb liegt.

Der innere Bereich, als Midgard bezeichnet, ist einigermaßen sicher, hier können, unter dem Schutz der Götter, Menschen leben, während der Außenbereich, Utgard, von Dämonen und Riesen bewohnt wird.

Info

Namen in Mythos und Neuzeit

Manche Namen der germanischen Mythologie haben ihren Weg bis in unsere Zeit geschafft. So ist sicher jedem Tolkien-Leser aus dessen »Herrn der Ringe« der Ort »Mittelerde« ein Begriff, eine Abwandlung des germanischen Midgard.

Und die Brücke Bifröst hat sogar in die Computerwelt Eingang gefunden: Unter dem Name Bitfrost ist sie als Sicherheitssystem Bestandteil im sogenannten 100-Dollar-Laptop, einem preiswerten Laptop, der speziell für Schulkinder entwickelt wurde.

In der eddischen Dichtung ist Midgard außerdem der Wohnort der Götter. Oder zumindest eines Teils der Götter, der Asen. Sie bauen sich hier ihre Burg Asgard, die mit dem Bereich der Menschen durch die Regenbogenbrücke Bifröst – zu Deutsch: »die schwankende Himmelsstraße« – verbunden ist. Bewacht wird die Brücke vom Gott Heimdallr, schließlich soll kein Riese nach Asgard kommen. Die Götter selbst dagegen überqueren ihre Brücke einmal pro Tag, um zu ihrem Gerichtsplatz, dem Thing, beim Urdbrunnen zu gelangen. Später, beim Weltuntergang, wird die Brücke zerstört, bis dahin aber hält sie jedem Eindringling stand.

Aus einer Briefmarken-Edition der Färöer-Inseln: Dieses Bild zeigt die beiden ersten Menschen Ask und Embla nach einem Motiv von Anker Eli Petersen aus dem Jahr 2003.

Übrigens hat auch die nordische Mythologie ihre beiden ersten Menschen. Sie heißen Ask und Embla und werden von Odin aus dem Holz zweier Baumstämme geschaffen, die am Strand lagen. Aus Ask und Embla gehen alle weiteren Menschen hervor. Die Analogie zum alttestamentarischen Paar Adam und Eva liegt zwar nahe, dennoch geht man mittlerweile davon aus, dass es sich dabei eher um Zufall handelt und dass die beiden nordgermanischen Urmenschen auf einen indogermanischen oder sogar einen vorderasiatischen Mythos zurückzuführen sind.

Asgard

Im Abschnitt über Midgard war gerade davon die Rede, dass Asgard (altnord. Ásgarðr), der Sitz der Asen, im mittleren Teil der Welt angesiedelt ist. Aber ganz

Info

Die zwölf Paläste und weitere wichtige Orte in Asgard

Für alle, die an den Details interessiert sind: Hier sind die zwölf Paläste aus Asgard (die altnordische Schreibweise der Namen ist nur dort ergänzt, wo sie deutlich von unserer heutigen abweicht):

1. Bilskirnir, der Palast Thors in Thrúdheim. Dieser Palast gehört eventuell nicht zu Asgard.
2. Ydalir (Eibental), der Palast Ullrs
3. Valaskjalf, der Palast Walis mit Odins Thron Hlidskialf (altnord. Hliðskjálf), der eventuell Walhall entspricht
4. Sökkwabeck (altnord. Sökkvabekkr, gesunkene Bank, Schatzbank?), der Palast Sagas
5. Gladsheim (altnord. Glaðsheimr, Froh- oder Glanzheim), der Palast Odins mit Walhall, dem Saal der gefallenen Krieger
6. Thrymheim (altnord. Þrymheimr, Donnerheim), der Palast Skadis
7. Breidablik (altnord. Breiðablik, Breit- oder Weitglanz), der Palast Balders
8. Himinbjörg (Himmelsburg), der Palast Heimdalls
9. Folkwang (altnord. Fólkvangr, Volksfeld), der Palast Freyjas mit dem Saal Sessrumnir
10. Glitnir (der Glänzende), der Palast Forsetis
11. Nóatún (Schiffsstadt, Schiffsplatz), der Palast Njörðrs
12. Landwidi (altnord. Landviði, Landweite), der Palast Vidars

Und der Vollständigkeit halber noch einmal alle weiteren wichtigen Orte in Asgard:

- Fensalir, der Palast der Göttin Frigg. Das ist ein besonders schöner Ort, denn hier führt die Göttin Liebende zusammen, die auf der Erde nicht zusammenfinden konnten.
- Vingólf, die Versammlungshalle der Asengöttinnen
- Idafeld (altnord. Iðawöllr), eine Schmiedewerkstatt sowie Versammlungs- und Richtplatz der Asen

- Bifröst, die Regenbogenbrücke zwischen Asgard und Midgard
- Hlidskialf (altnord. Hliðskjálf), der Hochsitz Odins

(Nachlesen lässt sich die Aufzählung all dieser Paläste und Orte in Asgard in der Lieder-Edda, Götterlieder, »Grimnismál«, 4–17.)

so einfach ist es mit den Überlieferungen eben nicht, und so ordnet bereits Snorri Sturluson den Ort der Götter außerhalb von Midgard, in einer Art von Himmel an. Dorthin führt bei ihm dementsprechend auch die Brücke Bifröst.

Der Lieder-Edda zufolge ist Asgard eine Burg, und zwar eine ziemlich große mit insgesamt zwölf Palästen und diversen Hallen. Asgard stellt eine höchst eigentümliche Mischung aus Prunk und Demonstration kriegerischer Macht dar: Die zwölf Himmelsburgen bestehen aus Gold und Edelsteinen, die Gitter der Paläste sind goldene Speere; Wände und Fußböden sind goldgetäfelt, an den Decken hängen die strahlenden Schilde der Helden.

Die wohl bekannteste Halle Asgards ist Walhall, der Wohnort des Gottes Odin, in dem er die im Kampf gefallenen Krieger (die »Einherier«, wie sie auch genannt werden) um sich schart und sie mit dem Fleisch eines Ebers versorgt, der sich jeden Tag von selbst erneuert, so dass den gefallenen Kriegern nie die Nahrung ausgeht. Zum Trinken bekommen die Männer Met, der – wie wir bereits gehört haben – erstaunlicherweise aus den Eutern einer Ziege, nämlich der Ziege Heiðrun, fließt, die ihrerseits auf dem Dach von Walhall steht und vom Laub des Baumes Lœraðr alias der Weltesche Yggdrasill frisst (mehr zur Weltesche Yggdrasill später!). Ihre Tage in Walhall verbringen die gefallenen Helden weiterhin mit dem, was sie offenbar am liebsten tun: nämlich sich gegenseitig zu erschlagen. Am Abend sind sie alle wieder lebendig. Das Bild von Walhall ist damit ein sehr einprägsames Beispiel dafür, was sich die Gesellschaft der Wikingerzeit unter einem Paradies vorstellte.

Ein weiterer wichtiger Platz in Asgard ist Iðawöllr (auf Deutsch: das »Idafeld«, das »Feld der Betriebsamkeit«). Hier steht Snorri Sturluson zufolge die Halle Glaðsheimr, die Gesetzeshalle der Asen, und Vingölf, die Halle der Asinnen. Auch die Wohnungen der Götter liegen selbstverständlich in Asgard.

Erzählung

Die Geschichte vom Riesenbaumeister

Am Anfang eine kleine Einschränkung: Ob sich die folgende Episode vom Riesenbaumeister nämlich tatsächlich auf den Bau Asgards bezieht, ist nicht ganz sicher. Denn das Märchenmotiv vom Baumeister, der um seinen Lohn geprellt wird, findet sich auch in zwei Islandsagas und hat sich bis in die spätere Welt des europäischen Volksmärchens erhalten. Da Snorri Sturluson sie aber so detailreich ausschmückt, soll sie hier kurz vorgestellt werden:

Es beginnt damit, dass die Götter sich eine Burg bauen lassen wollen und ein Riese sich anbietet, das Ganze in nur 18 Monaten zu erledigen. Und er hat auch eine sehr konkrete Vorstellung von dem Lohn, den er dafür haben möchte: Die Göttin Freyja soll seine Frau werden, und als kleine Zugabe wären noch Sonne und Mond ganz schön. Hilfe brauche er keine, erklärt er, nur sein Pferd Svaðilfari solle ihm ein bisschen zur Hand gehen und die Steine heranziehen.

Und tatsächlich kommen Riese und Pferd recht gut voran. Nur haben die Götter natürlich nie vorgehabt, einem simplen Baumeister eine Göttin zur Frau zu geben. Drei Tage vor Ablauf der Frist, es sieht inzwischen wirklich ganz danach aus, als halte der Riese seine Abmachung ein, beratschlagen sie sich also miteinander, wie man die drohende Hochzeit Freyjas mit dem Riesen noch abwenden könne.

Zuerst einmal muss aber jemand gefunden werden, dem man für diesen leichtsinnigen Handel die Schuld geben kann. Und derjenige ist der Gott Loki. Er hatte damals gemeint, das Ganze berge für die Götter überhaupt kein Risiko, also hat er gefälligst auch für eine Lösung des Problems zu sorgen!

Loki setzt ganz auf Geschlechterklischees und verwandelt sich in eine Stute. Als solche macht er / sie, was Frauen angeblich immer machen: den Mann respektive Hengst – und damit den Gehilfen des Baumeisters – von der Arbeit ablenken. Mit einer sehr gut erprobten Methode ...

Das Pferd ist jetzt erst einmal anderweitig beschäftigt, das Steineschleppen hat sich für diese eine Nacht erledigt, der Bau wird natürlich nicht mehr rechtzeitig fertig.

Als der Baumeister einsehen muss, dass er seinen Zeitplan nicht mehr einhalten kann, wird er ziemlich wütend. Er gibt sich als Hrimthurse, also als Eisriese und damit sozusagen als ein natürlicher Feind der Götter zu erkennen. Was die Sache nun wieder für die Götter vereinfacht, denn Feinde darf man in der germanischen Mythologie ohne lange nachzudenken erschlagen. Und genau das macht Thor nun auch, natürlich mit seinem Hammer Mjöllnir.

Loki, der sich ja in eine Stute verwandelt hatte, gebiert wenig später ein achtbeiniges Fohlen, den späteren Hengst Sleipnir (den »Dahingleitenden«), Odins berühmtes Pferd.

(Im Original nachzulesen in der Snorra-Edda, »Gylfaginning«, 42.)

Odin auf seinem Hengst Sleipnir, aus der isländischen Edda-Handschrift NKS 1867 4to von Ólafur Brynjúlfsson aus dem Jahre 1760.

Wanaheim

Asgard ist also das Reich der Asen. Nun gibt es aber in der germanischen Mythologie zwei Sorten von Göttern, neben den Asen brauchen auch die Wanen ihren Wohnort (auf die Asen und Wanen selbst wird an späterer Stelle noch ausführlich eingegangen). Das ist allerdings nicht ganz einfach. Denn außer in der Prosa-Edda des Snorri wohnen die Wanen – nirgends. Das heißt, irgendwo werden sie schon ihren Sitz haben, nur gibt uns darüber keiner der überlieferten Texte genauere Auskunft.

Lediglich Snorri Sturluson gibt den Göttern ein Zuhause, aber auch seine Angaben sind mehr als dürftig. Er schreibt über den Gott Njörðr: »Er ward in Wanaheim erzogen« (Gylf. 22). Das ist auch schon alles!

Vermutlich ist dieses ominöse Wanaheim ein Gegenort zu Asgard, aber wo es genau liegen soll, das erzählt Snorri schon nicht mehr.

Utgard

Die »Außenwelt«, die Welt der Riesen und Trolle, ist bereits im vorangegangenen Abschnitt ausführlich vorgestellt worden. Deshalb hier nur noch einmal der Vollständigkeit halber: Utgard liegt außerhalb der von Göttern und Menschen bewohnten Welt. Ursprünglich einmal hat Utgard in der Mythologie die ganze bewohnte Welt umschlossen, in den Texten des Mittelalters wurde es immer weiter nach Norden bis ins Polarmeer verlegt. In Utgard liegt auch Jötunnheim, die Welt der Jötunn, also der Riesen, durch den Eisenwald und mehrere Flüsse von Midgard getrennt.

Hel

Das Reich des Todes, Hel oder auch Helheim (altnord. Helheimr) hat in der Dichtung im Laufe der Zeit eine starke Umdeutung erfahren. Doch zunächst einmal zur genauen Lokalisation: Hel liegt am unteren Rand des mythologischen Kosmos, dort, wo Unterwelten üblicherweise ihren Platz haben.

Allerdings war das mythologische Totenreich »Hel« zunächst einmal gar kein Ort der Strafe. Hierher kamen ganz einfach alle, die an Krankheit oder Altersschwäche gestorben sind. Zur Abgrenzung: Die im Kampf gefallenen Helden, natürlich ausschließlich Männer, kommen seit jeher in die Halle des Gottes Odin, wo sie sich weiterhin damit die Zeit vertreiben können, sich gegenseitig umzubringen. Die Ertrunkenen gehörten der Göttin Rán, der Frau des Meeresgottes. Und da in dieser Mythologie wirklich so gut wie alles sein System hat, gibt es in Helheim auch noch den Ort Náströnd, hierher kommen Meineidige, Mörder und Männer, die verheiratete Frauen verführt haben.

Den Charakter eines Strafortes bekommt Hel erst im Laufe des Hochmittelalters, unter dem Einfluss des Christentums. Späte Edda-Lieder, besonders aber Snorri Sturluson gestalten die Totenwelt nun sehr weit aus. Die Anklänge an die sogenannte Visionsliteratur, eine im Mittelalter beliebte Literaturgattung, in der die Autoren ihre durchweg christlich geprägten Jenseitsvisionen schildern, sind nun unübersehbar: Jetzt führt eine »Jenseitsbrücke«, hier die Brücke Gjallarbrú, über den Unterweltfluss Gjöll. Dazu kommt außerdem der waffentragende Fluss Sliðr, der die von einer Brücke überspannte Grenze zum Jenseits bildet. Die Brücke wird von der Magd Móðguðr bewacht, die von denen, die sie überqueren wollen, Namen und Herkunft erfragt. Gelegentlich bewacht auch ein Höllenhund den Eingang zu Hel, auch Anklänge an die griechische Mythologie sind hier deutlich zu erkennen.

Die Weltesche Yggdrasill

Zentrum des ganzen mythologischen Weltgebäudes der Nordgermanen ist die Weltesche Yggdrasill (je nach Text heißt sie auch Mimameid oder Lœraðr). Einen solchen »Baum des Lebens« gibt es in vielen Mythologien, hier, in der Sagenwelt der Nordgermanen, ist dieser Baum besonders detailreich geschildert. Genau genommen verkörpert er nichts Geringeres als den gesamten Kosmos.

Der Name der Weltesche bedeutet vermutlich »Odins Pferd«, wobei der erste Teil des Namens, *yggr*, auf Deutsch »schrecklich« oder auch »der Schreckliche« heißt, und das wäre dann einer der Beinamen des Gottes Odin. *drasil* bedeutet demzufolge »Pferd«. Daneben hat aber der isländische Gelehrte Eirikr Magnússon (1833–1913) die These aufgestellt, »Yggdrasill« sei eigentlich der Name von Odins Pferd gewesen und der Baum hieße *askr Yggdrasill*, »der Baum, an den Odin sein Pferd bindet«. Einer dritten Hypothese zufolge meint die erste Silbe *yggr* nicht Odin selbst, sondern ist tatsächlich als »Schrecken« zu übersetzen, womit die gesamte Weltesche dann »Baum des Schreckens« und damit in weiterer Lesart »Galgen« hieße. So ganz abwegig ist auch diese dritte Variante nicht, immerhin hing Odin neun Tage mit dem Kopf nach unten an dem Baum, um so in den Besitz der Runen zu gelangen (siehe dazu den letzten Absatz des Abschnittes zum Weltenbaum Yggdrasill).

Und nun zum Baum selbst. Zunächst einmal der grobe Überblick: Yggdrasill ist der erste Baum, der überhaupt wächst. Er ist immergrün und seine Wurzeln erstrecken sich nach drei Seiten über die ganze Welt: Unter der einen Wurzel leben die Menschen, unter der anderen die Riesen und unter der dritten liegt Hel. Bisweilen wird diese Esche in der Edda auch als »Maßbaum« bezeichnet, die Welt reicht nur so weit wie seine Wurzeln und sein Geäst, die ganze Schöpfung besteht nur so lange, wie dieser Maßbaum besteht. Er ist Sinnbild allen Lebens, des Werdens und des Vergehens. Dieser Funktion entsprechend ist Yggdrasill ziemlich dicht bevölkert. Die Wesen, die in und um die Esche leben, haben im Wesentlichen alle einen sinnbildlichen Charakter:

Ganz oben im Geäst des Baumes sitzt ein namenloser Adler, am unteren Ende bei der Quelle Hvergelmir in Niflheim (beide wurden bereits im Abschnitt über die Entstehung der Welt vorgestellt) haust der Drache Niðhöggr (auch er ist bereits ein alter Bekannter aus den Zeiten der Erschaffung der Welt). Er nagt an den Wurzeln des Baumes und quält nebenbei die Toten. Zwischen diesen beiden, dem namenlosen Adler in der Baumkrone und dem wurzelfressenden Drachen, überbringt das Eichhörnchen Ratatoskr beständig Botschaften und hält so einen die Zeiten überdauernden alten Streit am Leben. Und da es ohnehin die ganze Zeit unterwegs ist, verbreitet es auch unter den restlichen An- und Bewohnern des Baumes allerhand Tratsch.

Und wo wir schon bei den Wurzeln des Baumes sind: Neben dem Drachen Niðhöggr nagen auch zahlreiche Schlangen an Baum. Namentlich sind das: Góinn, Móinn, Grafvitinir, Grábakr, Grafvöluðr, Ofnir und Svafnir.

Und an den Ästen der Esche weiden vier Hirsche: Dain, Dwalin (auch Dvalin oder Dvalar), Duneyr und Durathror.

Von der Quelle Hvergelmir war bereits die Rede, darüber hinaus erzählt aber zumindest die Snorra-Edda noch von zwei weiteren Quellen. Zum einen vom Mímirsbrunnen. Er wird, wie der Name bereits andeutet, vom Riesen Mímir bewacht, denn in ihm sind Wissen und Weisheit verborgen. Um aus dieser Quelle trinken zu dürfen, musste der Göttervater Odin eines seiner beiden Augen als Pfand im Wasser hinterlegen. Dafür erlangte er vermutlich die Gabe des Hellsehens.

Die dritte Quelle ist der Urdbrunnen (altnord. Urðarbrunnr, »die Quelle der Urd« oder auch »Schicksalsquelle«). Diese Quelle gilt als heilig. In ihrer Nähe liegt der Saal der drei schicksalsbestimmenden Nornen Urd, Verdandi und Skuld. Jeden Tag schöpfen die drei Wasser aus der Quelle und dazu den Lehm, der um die

Quelle herum ist, und sprühen beides über die Esche, damit deren Zweige niemals verdorren oder verfaulen. Snorri Sturluson erzählt außerdem noch von zwei Vögeln, die aus dem Wasser des Urdbrunnens trinken. Sie werden als »Schwäne« bezeichnet und sind die Ahnen aller anderen Schwäne.

Und wo gerade von den Nornen die Rede war: Damit sind in der nordischen Mythologie Schicksalsfrauen gemeint. Einige stammen von Alben ab, andere von Zwergen, es gibt gute und böse Nornen. Völlige Einigkeit über die Bedeutung der Namen der drei Nornen am Urdbrunnen herrscht in der Forschung zwar nicht, Urd könnte aber für das »Gewordene« stehen, Verdandi für das »Werdende« und Skuld für »das, was da kommen soll«. Die Vorstellung von Schicksalsfrauen findet sich übrigens auch in anderen Mythen. Bei den Griechen heißen sie »Moiren«, bei den Römern »Parzen«.

Der Weltesche Yggdrasill kommt dann noch eine weitere Bedeutung zu: Hier nämlich gelangten Menschen und Götter, das heißt: zunächst einmal nur der Gott Odin, in den Besitz der Runen, also der Schrift. Und das ging folgendermaßen vonstatten:

> Ich weiß, dass ich hing am windigen Baum
> Neun lange Nächte,
> Vom Speer verwundet, dem Odin geweiht,
> Mir selber ich selbst,
> Am Ast des Baums, dem man nicht ansehn kann,
> Aus welcher Wurzel er sproß.
>
> Sie boten mir nicht Brot noch Met;
> Da neigt ich mich nieder
> Auf Runen sinnend, lernte sie seufzend:
> Endlich fiel ich zur Erde.
>
> (Dieses Zitat ist der Beginn von »Odins Runenlied« und stammt aus der Lieder-Edda, »Hávamál«, 139–140.)

Man spricht hier von »Odins Selbstopfer«. Der Gott bringt demnach sich selbst als Opfer dar, um so die Kenntnis der Runen zu erwerben. Man denkt hierbei zwar sofort an den Kreuzestod Christi, allerdings ist das Selbstopfer als Initiationsritus schon weit länger auch aus anderen Kulturkreisen bekannt, so dass man es tatsächlich als einen eigenen Bestandteil und nicht als eine Beigabe durch spätere, christlich geprägte Dichter ansehen muss.

Wegen dieses Selbstopfers ist Odin übrigens auch der Gott der Gehenkten. Beiden Edda-Versionen zufolge ist Odin dazu fähig, durch Runenzauber die Gehenkten zum Leben zu erwecken und sie zum Sprechen zu bewegen.

Und schließlich sei hier noch erwähnt, dass auch die Thingstätte, also die Gerichtsstätte der Götter, am Fuß der Weltesche liegt.

Damit ist der Kosmos der altnordischen Mythologie vollständig. Jetzt fehlen noch die Bewohner.

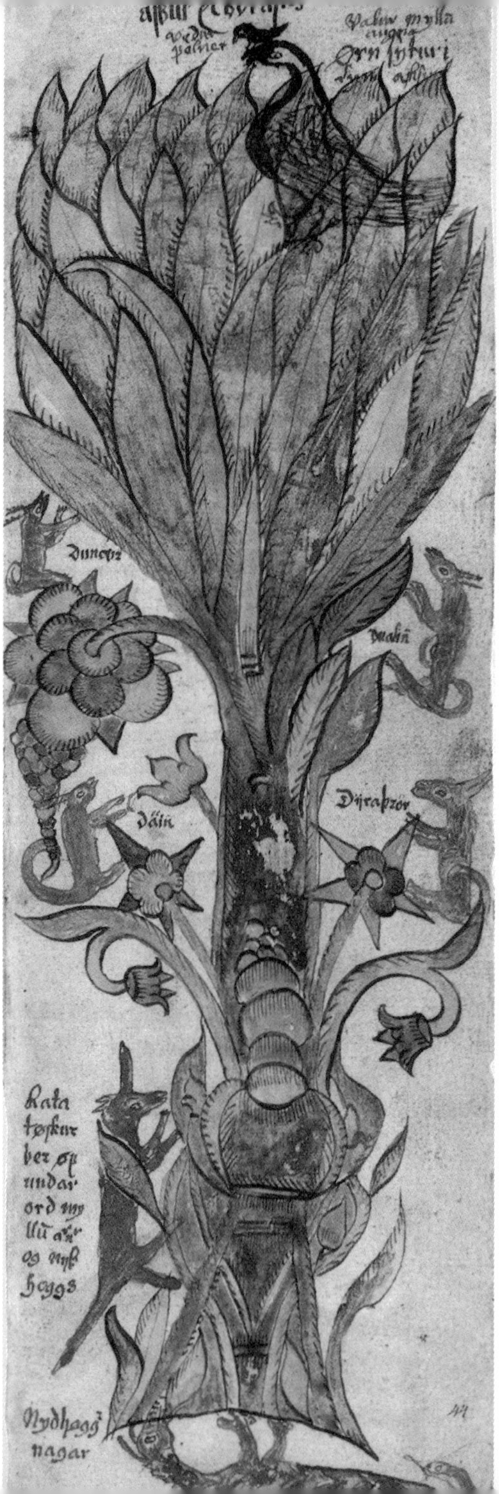

Die Weltesche Yggdrasill in einer isländischen Handschrift aus dem 17. Jahrhundert, mit allerhand Tieren.

Am Fuß von Yggdrasil sitzen die drei Nornen und gießen den Baum; romantische Darstellung von 1832.

Die Bewohner des nordgermanischen Kosmos

Einige wenige Bewohner wurden ja bereits im vorangegangenen Abschnitt vorgestellt. Aber die mythologische Welt der Germanen ist voll von Wesen unterschiedlichster Art. Menschen spielen dabei nur eine Rolle von vielen. Vor allem haben wir es mit einer Art »Märchenwelt« zu tun. Götter trifft man hier und Riesen, aber auch Alben und Zwerge. Sie alle agieren häufig sehr menschlich, bestehen Abenteuer, scheitern, gewinnen und verlieren.

Die Riesen wurden ja bereits im letzten Abschnitt ausführlich behandelt, nun soll es um die übrigen »Mitglieder« der Mythologie gehen: um die Götter, um Alben und Zwerge und um die drei »Feinde der Welt«.

Die Wesen der hohen Mythologie – Götter

Wenn wir an dieser Stelle noch einmal zu den Überschneidungen zwischen tatsächlich praktizierter Religion und Mythologie zurückkehren, dann zeigt sich, dass die Schnittmenge bei der Anzahl der Götter eher gering ist: Tacitus nennt als Hauptgötter Merkur, Hercules und Mars, womit wohl Odin / Wodan, Thor und Týr gemeint sein dürften. Aus der Römerzeit ist darüber hinaus noch die Verehrung einiger Fruchtbarkeitsgöttinnen überliefert. Insgesamt geht man davon aus, dass neben den bereits erwähnten Göttern noch Balder, Loki, Frigg, Freyr, Freyja und Ullr eine Rolle im Glauben der Germanen gespielt haben.

In der Mythologie selbst gibt es jedoch deutlich mehr Götter, und sie werden dort unterteilt in Asen und Wanen.

Asen

Von den beiden Götterfamilien der Asen und der Wanen sind die Asen die bedeutendere und in Bezug auf ihre Anzahl auch die größere. Sie stellen somit auch die ›bedeutenderen‹ Götter. Asen sind in erster Linie Götter des Krieges und der Herrschaft. Und da sie eben das wichtigere Göttergeschlecht bilden, werden in der Mythologie die Wanen auch gerne einmal unter die Asen gefasst. Nicht jedes Mal, wenn man also von den »Asen« liest, sind auch tatsächlich ausschließlich Götter aus dieser Familie gemeint. Außerdem wuchsen die beiden Gruppen im Laufe der Zeit und vor allem nach dem »Wanenkrieg« (von dem später noch die Rede sein wird) immer enger zusammen, teils durch Geiselnahme, teils durch Ehe.

Snorri Sturluson trennt meistens überhaupt nicht zwischen den beiden Familien. In seinem Skáldskaparmál, dem »Handbuch für Skalden«, führt er im ersten Abschnitt ein in die große Familie der Asen und Wanen als Gesamtheit. Einige der nun folgenden Götter werden später noch im Einzelnen vorgestellt. Um einen besseren Überblick zu erhalten, sollen hier aber schon einmal alle Götter aus Snorris Kosmos aufgelistet werden:

Die Rede ist bei den männlichen von: Odin, Thor, Njörðr, Freyr, Týr, Heimdallr, Bragi, Víðarr, Váli, Ullr, Hœnir, Forseti und Loki.

Als weibliche Götter, auch als »Asinnen« bezeichnet, nennt er: Frigg, Freyja, Gefjon, Iðunn, Gerda, Sigyn, Fulla und Nanna. Eine etwas andere Auflistung zu den weiblichen Göttern findet sich in derselben Edda, dieses Mal aber in den »Gylfaginning«. Hier schreibt Snorri von: Eir, Gefjon, Fulla, Freyja, Sjöfn, Lofn, Vár, Vör, Syn, Hlín, Snotra und Gná.

Die Asen leben in Asgard, jung gehalten werden sie durch die Äpfel der Iðunn, der Göttin für Jugend und Unsterblichkeit. Anders als in anderen Mythologien sind die meisten Götter der Nordgermanen nämlich durchaus sterblich und damit auch von den Ragnarök, dem Weltenende, bedroht. Hierzu eine kleine grammatikalische Anmerkung: Das Wort »Ragnarök« ist im Nordgermanischen ein Pluralwort, deshalb ist hier immer von »den Ragnarök« die Rede, selbst wenn die Mythologie nur mit einem Weltende aufwarten kann – welches allerdings durchaus Zerstörungspotential für mehrere hätte ...

Die Asen wohnen, wie bereits weiter oben ausgeführt, in Asgard, ihr oberster Gott ist Odin / Wodan, bisweilen wird er deshalb, übrigens genauso wie der Gott Thor, statt seines Namens schlicht als »der Ase« bezeichnet.

Wanen

Die zweite, zwar ältere, aber gleichzeitig deutlich kleinere Götterfamilie ist die der Wanen (altnord. Vanir). Es sind vor allem Fruchtbarkeitsgötter, außerdem sind sie Schutzherren über das Herdfeuer und den Ackerbau. Als die Wanen noch eine eigene Familie waren, praktizierten sie einen nicht näher benannten Zauber, den die Asen überhaupt nicht schätzten. Und es gab noch mehr Uneinigkeiten: Bei den Wanen war nämlich, anders als bei den Asen, die Geschwisterehe erlaubt. Die eigentliche Unterscheidung zwischen Asen und Wanen hat aber nichts mit Reibereien unter Sippen zu tun, sondern mit der sozialen Schichtung. Denn die Wanen wurden, was bei Fruchtbarkeitsgöttern durchaus naheliegt, vor allem in der bäuerlichen Bevölkerung verehrt, die Asen waren dagegen die Götter des kriegerischen Fürstengefolges.

Auch bei den Wanen gibt es Überschneidungen zwischen tatsächlich gelebter Religion und Mythos: So kann etwa der Wanengott Njörðr mit der Göttin Nerthus identifiziert werden, von der bereits Tacitus in der »Germania« berichtet (ausführlich zu Nerthus siehe S. 90ff.).

Außerdem sind uns aus der Bronzezeit Felszeichnungen mit Fruchtbarkeitsgöttern überliefert, auch darin sieht man heute im Allgemeinen Abbilder der Wanen.

Schaut man sich nun die Liste mit den Namen der Wanengötter an, dann fällt auf, dass viele davon bereits bei den Asen genannt wurden. In vielen Texten gibt es ja, wie bereits dargestellt, nur eine Göttergemeinschaft, eben die der Asen. Zu den Wanen werden dabei die folgenden Götter gerechnet: Njörðr, seine beiden Kinder Freyr (der später in eins gesetzt wurde mit dem Gott Ing) und Freyja, Gullveig und eventuell noch der Gott Ullr. Das sind wenige Namen. Tatsächlich war die Familie der Wanen wesentlich größer, die meisten Götter werden allerdings nur als Kollektiv genannt.

Im Gegensatz zu den Asen leben die Wanen ewig, sie sind weise, mutig und gerecht. Aber es sind keine Kämpfer. Und das heißt auch, sie können sich der Riesen und Ungeheuer nicht erwehren. Das können wiederum die Asen. Die dafür ihrerseits sterblich sind.

Der Wanenkrieg

Die einen können kämpfen, sind aber sterblich, die anderen sind zwar unsterblich, aber nicht sonderlich wehrhaft. Allerdings können sie dabei helfen, unsterblich zu werden.

Wanen und Asen sind also aufeinander angewiesen.

Aber diese Erkenntnis allein scheint in der Mythologie zunächst noch nicht viel zu bewegen. Das tut erst – ein Krieg.

Überliefert ist die Geschichte vom »Wanenkrieg« in mehreren, allerdings meist nur sehr kurzen und vor allem sehr unterschiedlichen Versionen. Die erste stammt aus der älteren, der Lieder-Edda:

> Da wurde Mord in der Welt zuerst,
> Da sie mit Geren Gullweig stießen
> Und sie in des Hohen Halle verbrannten.

Dreimal verbrannt ist sie dreimal geboren,
Oft, unselten, doch ist sie am Leben.

Heid hieß man sie, wohin sie kam,
Wohlredende Wala wußte sie Zauber.
Sudkunst konnte sie, Sudkunst übte sie,
Übler Leute Liebling allezeit.

Da gingen die Berater zu den Richterstühlen,
Hochheil'ge Götter hielten Rat,
Ob die Asen sollten Untreue strafen
Oder Sühneopfer all empfahn.

Gebrochen war der Burgwall der Asen,
Schlachtkund'ge Wanen stampften das Feld.
Odin schleuderte über das Volk den Spieß:
Da wurde Mord in der Welt zuerst.*

Zugegeben, der Wanenkrieg ist aus diesem Abschnitt nur schwer herauszulesen, dennoch gilt die Episode dem Historiker Rudolf Simek zufolge »vermutlich« als Hinweis auf den Wanenkrieg:** Gullveig, in der manche die Göttin Freyja sehen, ist eine Wanenhexe. In ihrem Namen steckt das Wort »Gull« für Gold. Sie berichtet den Asen vom sagenhaften Reichtum der Wanen. Als sie sich weigert, die Quelle des Reichtums zu verraten, wird sie verbrannt. Da sie aber mehrfach aus der Asche aufersteht, wird sie mit Schimpf und Schande verjagt.

Diese Version hat mit den beiden folgenden herzlich wenig Gemeinsamkeiten. Denn in der Prosa-Edda berichtet Snorri Sturluson über den mythologischen Götterkrieg Folgendes:

> Ferner sprach Ögir: ›Woher hat die Kunst ihren Ursprung, die ihr Skaldenkunst nennt?‹ Bragi antwortete: ›Dies war der Anfang davon, dass die Asen Unfrieden

* Lieder-Edda, hrsg. v. W. Hansen, 2013, S. 155 (Abschnitt Völuspa / Der Seherin Weissagung, V. 25–28).

** R. Simek, 1984, S. 462.

> hatten mit dem Volk, das man Wanen nennt. Nun aber traten sie zusammen, Frieden zu schließen, und der kam auf diese Weise zustande, daß sie von beiden Seiten zu einem Gefäße gingen und ihren Speichel hineinspuckten. Als sie nun schieden, wollten die Asen dies Friedenszeichen nicht untergehen lassen. Sie nahmen es und schufen einen Mann draus, der Kwasir heißt. Der ist so weise, daß ihn niemand um ein Ding fragen mag, worauf er nicht Bescheid zu geben weiß. Er fuhr weit umher durch die Welt, die Menschen Weisheit zu lehren.‹*

Und die dritte und damit auch die ausführlichste Version findet sich in einem zweiten Werk Snorri Sturlusons, der »Heimskringla« (Weltenkreis), genauer: in deren erstem Teil, der »Ynglingasaga«. Von ihr war bereits in den Ausführungen zu den literarischen Quellen die Rede, hier nur noch einmal zur Erinnerung: Die »Ynglingasaga« handelt vom Geschlecht der Ynglinger (bisweilen findet man sie auch als »Inglinger«), die ihrerseits nun wiederum das älteste schwedische Königsgeschlecht mit Sitz in Sigtuna und Alt-Uppsala waren (siehe Bildtafel nach S. 96 [Kirche von Alt-Uppsala]). Diese Ynglinger lassen sich tatsächlich historisch zurückdatieren bis zu König Erik VIII Segersäll, der von 970 bis 995 n. Chr. regierte. Alle Könige, die noch vor seiner Zeit regiert haben, gelten allerdings als Sagenfiguren. Womit wir uns wieder in den vertrauten Bereich der Mythologie zurückbewegen. Neben Snorri Sturluson berichtet übrigens auch das englische »Beowulf«-Epos von den Ynglingern, dort heißen sie allerdings »Scylfings«.

Nun aber der Wanenkrieg in der Version der »Ynglingasaga«:

> Odin zog mit einem Heer gegen die Vanen, aber die waren wohlgerüstet und verteidigten ihr Land, und so siegte bald dieser, bald jener. Beiden verheerten des andern Land und fügten sich gegenseitig Schaden zu. Aber als ihnen beiden der Streit über wurde, verabredeten sie untereinander eine Zusammenkunft zur Versöhnung. Sie schlossen einen Friedensvertrag und stellten sich gegenseitig Geiseln. Die Vanen gaben ihre vornehmsten Männer heraus, Njörd den Reichen und seinen Sohn Frey,

* Prosa-Edda, hrsg. v. W. Hansen, 2013, S. 62. In dieser Edition wird der Textabschnitt unter dem separaten Kapitel »Bragarödur / Gespräche mit Bragi« geführt. In anderen Ausgaben, etwa der von Simrock, findet sich dieser Abschnitt als erster aus der »Skalskapamal«, der »Lehre von der Dichtersprache«, so dass der Text sich in Nachschlagewerken normalerweise mit dem Verweis auf diesen Abschnitt (Skaldsk. 1) findet.

die Asen dagegen einen Mann, namens Hönir. Sie sagten, der schicke sich sehr wohl zum Häuptling. Er war ein großer und sehr schöner Mann. Mit ihm sandten die Asen den Mimir, einen sehr weisen Mann, und die Vanen stellten dafür den klügsten aus ihrer Schar, der Kvasir hieß. Als aber Hönir nach Vanenheim kam, machte man ihn dort sogleich zum Häuptling, Mimir aber beriet ihn in allem. War aber Hönir auf einem Thing oder in einer Versammlung und Mimir war nicht in der Nähe, dann antwortete er, wenn schwierige Fälle vor ihn kamen, immer in der gleichen Art: ›Andere mögen entscheiden‹, sagte er dann. Da argwöhnten die Vanen, die Asen möchten sie bei dem Männeraustausch hintergangen haben. Sie ergriffen daher Mimir, schlugen ihm den Kopf ab und sandten das Haupt den Asen. Odin nahm das Haupt, bestrich es mit solchen Kräutern, dass es nicht faulen konnte, sprach Zaubersprüche darüber und verlieh ihm dadurch solche Macht, daß es zu ihm redete und ihm manche verborgene Dinge verriet.

Diese Zeichnung orientiert sich an der Schilderung aus der Lieder-Edda: Odin wirft den Speer, Illustration von Lorenz Frølich (1895).

> Odin machte Njörd und Frey zu Tempelpriestern, und sie wurden ›Diar‹ unter dem Volk der Asen. Die Tochter des Njörd hieß Freyja. Sie war Tempelpriesterin. Sie lehrte zuerst den Asen den Zauber, wie er bei den Vanen üblich war. Solange Njörd bei den Vanen war, hatte er seine Schwester zur Frau gehabt, denn dort war dies so rechtens, und ihre Kinder hießen Frey und Freyja. Aber unter den Asen war es verboten, in so nahe Verwandtschaft zu heiraten.*

Auch historische Deutungen hat die Sage vom Wanenkrieg erfahren: Die ältere, inzwischen aber als überholt geltende Lesart sieht hier die Verarbeitung eines tatsächlichen Krieges aus dem 2. vorchristlichen Jahrtausend: Damals wurde die südskandinavisch-westeuropäische Megalithkultur von den sogenannten Streitaxtleuten aus dem Nordwesten überrannt, in der Folge kam es zur Vermischung beider Kulturen.

In der neueren Deutung wird dagegen auf die Mythen und Sagen anderer indogermanischer Völker hingewiesen: Der Krieg zwischen Asen und Wanen versinnbildlicht hier den sozialen Konflikt zwischen dem kriegerischen Königsgefolge (den Asen) und dem Bauerntum (den Wanen). Erst durch einen Frieden zwischen diesen beiden sozialen Schichten sei die soziale und religiöse Ordnung der indogermanischen Gesellschaft entstanden.

Die einzelnen Götter

Wer Ase und wer Wane ist, lässt sich also nicht immer so einfach ausmachen. Deshalb werden die Götter in dem nun folgenden Abschnitt auch nicht nach Familien geordnet. Auch eine Reihung nach Wichtigkeit gestaltet sich schwierig, denn abgesehen von Odin / Wodan und Thor, die unangefochten den Platz der Wichtigsten einnehmen, ist es so gut wie unmöglich, eine bestimmte Hierarchie aufzustellen. Deshalb werden die Götter hier schlicht dem Alphabet nach vorgestellt.

Balder / Baldr

Wir beginnen gleich mit einer der wenigen wahren Lichtgestalten der nordischen Mythologie. Balder (altnord. Baldr) ist eindeutig ein Asengott, er ist der Sohn des

* Snorris Königsbuch, 1965, S. 29.

Gottes Odin und der Göttin Frigg, Ehemann der Göttin Nanna und Sohn des Gottes Forseti. Von ihm lässt sich ausschließlich Erfreuliches erzählen, und genau das tut auch Snorri Sturluson in seiner Version der Edda (in der zitierten Ausgabe trägt er den Namen Baldur):

> Er ist der Beste und wird von allen gelobt. Er ist so schön von Antlitz und so glänzend, dass ein Schein von ihm ausgeht. Eine Blume ist so licht, dass sie mit Baldurs Augenbrauen verglichen wird, sie ist die lichteste aller Blumen: davon magst du auf die Schönheit seines Haars sowohl als seines Leibes schließen. Er ist der weiseste, beredtste und mildeste von allen Asen. Er hat die Eigenschaft, daß niemand seine Urteile schelten kann. Er bewohnt im Himmel die Stätte, welche Breidablick heißt. Da wird nichts Unreines geduldet (Gylf. 22).

Und da in der nordischen Mythologie von Quellen bis zu Pferden fast alles einen eigenen – meist sprechenden – Namen hat, befinden sich auch in Balders Besitz zwei genau benannte Dinge: Er ist Besitzer des Schiffes Hringhorni (zu Deutsch: das Schiff mit einem Kreis am Steven) und des goldenen Ringes Draupnir (= Tropfen).

Berühmt geworden ist die Geschichte von Balders Tod oder vielmehr vom vergeblichen Versuch, ihn aus dem Totenreich zurückzuholen, wovon an späterer Stelle im Zusammenhang mit der Totengöttin Hel ausführlich erzählt wird (siehe dazu auch S. 127).

Hier zunächst der erste Teil der Episode: Weil seine Mutter Frigg ihren Sohn vor dem Tod bewahren will, lässt sie alle Lebewesen und alle Elemente einen Eid schwören, ihn nicht zu verletzen. Nur die Mistel vergisst sie. Das allerdings erfährt der Gott Loki, und als die anderen Götter einmal in einem Spiel den nun an sich unverwundbaren Balder mit Gegenständen bewerfen, drückt Loki Balders blindem Bruder Höðr einen solchen Mistelzweig in die Hand. Der wirft damit nach Balder, und die Mistel durchbohrt ihn. Besondere Bedeutung kommt dabei übrigens dem Umstand zu, dass ausgerechnet die Mistel in den alten europäischen Kulturen als schadens*abweisend* galt. Balder bringt sie dagegen um, und er wird gemeinsam mit seiner Frau Nanna auf seinem Schiff verbrannt. Zuvor hatte Odin ihm seinen eigenen goldenen Ring, eben jenen Ring Draupnir, gegeben, vermutlich als Machtlegitimation für die Totengöttin Hel. Diese Handlung findet sich übrigens auch auf einigen norwegischen Brakteaten aus dem 5. bis 7. Jahrhundert.

Zur Erinnerung: Brakteaten sind dünne Münzen oder Medaillen aus Metall, denen ein Motiv aufgeprägt ist.

Balder als freundlichster aller Götter stirbt also. Als kleiner Trost sei darauf verwiesen, dass sich sowohl er als auch sein unabsichtlich zum Mörder gewordener Bruder Höðr wieder versöhnen und gemeinsam nach den Ragnarök zurückkehren, um an der Entstehung der neuen Welt mitzuwirken.

Und um auch hier auf die Überschneidung mit der tatsächlich praktizierten Religion der Germanen einzugehen: Der Gott Balder ist zwar in Bild- und Textquellen präsent, zu einem Balder-Kult ist allerdings nichts überliefert.

Forseti

Wenn Balder die Lichtgestalt unter den Göttern ist, dann ist sein Sohn Forseti der Streitschlichter. Er wohnt im Palast Glitnir, der vor Silber und Gold glänzt. Forsetis Name lässt sich in etwa mit dem heutigen Begriff »Vorsitzender« übersetzen. Allzu viel erfahren wir aus der eddischen Dichtung nicht von ihm. In den »Gylfaginning« heißt es: »alle, die sich in Rechtsstreitigkeiten an ihn wenden, gehen verglichen nach Hause. Das ist der beste Richterstuhl für Götter und Menschen.« Forseti ist also durchaus ein würdiger Nachfahre seines Vaters.

Und obwohl wir so wenig über diesen Gott wissen, muss er keine reine Erfindung Snorri Sturlusons sein. Denn der frühmittelalterliche Gelehrte Alkuin (735–804 n. Chr.) berichtet im 8. Jahrhundert von einer zwischen Friesland und Dänemark gelegenen Insel, die nach dem dort verehrten Gott »Fositesland« genannt wurde. Eine Weile ging man davon aus, dass damit die Insel Helgoland gemeint sein könnte, was aber mittlerweile als überholt angesehen wird. Immerhin, der Name Forseti ist hier in abgewandelter Form durchaus im Namen der – nun wieder nicht mehr identifizierbaren – Insel enthalten. Aber auch im Oslofjord in Norwegen findet sich der Name »Forsetlund«, möglicherweise ein weiterer Hinweis auf diesen Gott. Ob es allerdings auch im Volksglauben einen Forseti-Kult gegeben hat und ob dieser Gott dann tatsächlich ein Rechtsgott war, gilt heute als höchst ungewiss.

Freyja

Sie findet sich auch als »Freia« oder »Freya«, was auf Deutsch immer mit »Frau« oder »Herrin« übersetzt wird. Würde man doch noch eine Hierarchie der Wichtigkeit aufstellen, dann müsste auch Freyja ziemlich weit oben stehen. Zu ihr finden sich viele Angaben, teilweise auch einander widersprechende. Darum tragen wir hier also einfach einmal alles zusammen, was über Freyja berichtet wird:

Sie stammt ursprünglich aus der Familie der Wanen und ist damit eine Fruchtbarkeitsgöttin, gleichzeitig gilt sie als die Göttin der Ehe und der Liebe. Und sie ist die Lehrerin des Zaubers. Freyja ist die Tochter des Gottes Njörðr und seiner Schwester, und sie dürfte ursprünglich sowohl die Schwester als auch die Frau des Gottes Freyr gewesen sein. Zur Erinnerung: Bei den Wanen war die Geschwisterehe erlaubt. Erst in der eddischen Dichtung wird Freyja ein ordentlicher, und das heißt eben: ein nicht mit ihr verwandter Mann mit Namen Oðr gegeben, mit dem sie die Töchter Hnoss und Gersimi hatte. Beide Namen sind übrigens Synonyme und bedeuten auf Deutsch »Kostbarkeit«. Auch über Freyja liest man nur Lobenswertes:

> Freyja ist die herrlichste der Asinnen. Sie hat die Wohnung im Himmel, die Folkwang heißt, und wenn sie zum Kampfe zieht, gehört die eine Hälfte der Gefallenen ihr und die andere Odin ... Ihr Saal Sessrumnir ist groß und schön. Wenn sie ausfährt, sind zwei Katzen vor ihren Wagen gespannt. Sie ist denen gewogen, welche sie anrufen, und von ihr hat der Ehrenname den Ursprung, daß man vornehme Weiber Frauen nennt. Sie liebt den Minnesang, und es ist gut, sie in Liebessachen anzurufen. (Gylf. 24)

Der »Minnesang« heißt übrigens im Altnordischen *mansöngr*, wörtlich müsste er eher als »Mädchengesang« übertragen werden.

Interessant ist die Zuordnung dieser Göttin zu den Katzen, eine Vorliebe, die man ja Frauen im Allgemeinen gerne nachsagt. Neben den Katzen gehören noch ein Falkengewand und das Halsband Brísingamen zu ihren Attributen.

Freyja ist schön. So schön, dass sie immer wieder zum Objekt der Begierde vor allem einiger Riesen wird. So verlangt Thrym gerade diese Göttin als Preis dafür, dass er den gestohlenen Hammer Mjöllnir an Thor zurückgibt (siehe dazu S. 43). Und auch der Riesenbaumeister verlangt Freyja als Preis für den Bau von Asgard (siehe hierzu S. 48).

So viel Lob ist eigentlich schon langweilig. Doch zum Glück gibt es immerhin einen einzigen kleinen Satz, in dem Freyja mangelnder Moral beschuldigt wird, nämlich in den »Lokasenna«, zu übersetzen als »Lokis Schmährede« aus der Lieder-Edda:

Schweig du, Freyja, dich vollends kenn ich:
Keines Makels mangelst du;
Der Asen und Alfen, die hier inne sind,
Bist du jedes Buhlerin.
(Ls. 30)

Damit wird sie von Loki klar der Hurerei beschuldigt! Was Freyja übrigens nicht auf sich sitzen lässt:

Deine Zunge frevelt; doch fürcht' ich, daß sie dir
Wenig Gutes gellt.
Abhold sind dir die Asen und die Asinnen,
Unfröhlich fährst du nach Haus.
(Ls. 31)

Und um auch bei Freyja noch einmal den Bogen zur tatsächlichen Religion der Germanen zu schlagen: Es gilt zwar nicht als gesichert, dass es einen Freyja-Kult gegeben hat. Aber einige skandinavische Ortsnamen wie etwa das norwegische Frøihov (aus Freyjuhof = Freyjas Tempel) oder das schwedische Frövi (aus Freyjuvé = Freyjas Heiligtum) könnten auf einen solchen öffentlichen Kult hinweisen. (Siehe Bildtafeln nach S. 32 [Freyja-Skulptur von Gerhard Marcks] und nach S. 96 [Runenstein im Ortszentrum von Frövi]).

Freyr

Als Bruder und erster Mann der Göttin Freyja ist er bereits erwähnt worden: der Wanengott Freyr (altnord. für »Herr«). Auch er zählt zu den bedeutenden Göttern des nordgermanischen Götterhimmels. Freyr ist der wichtigste Fruchtbarkeitsgott der germanischen Mythologie. In den Worten der Prosa-Edda:

> Freyr ist der trefflichste unter den Asen. Er herrscht über Regen und Sonnenschein und das Wachstum der Erde, und ihn soll man anrufen um Fruchtbarkeit und Frieden. (Gylf. 24)

Er ist der Sohn des Gottes Njörðr und dessen Schwester – bei den Wanen ist ja, wie gesagt, die Geschwisterehe erlaubt. Diesem Brauch entsprechend ist er zunächst

Erzählung

Freyjas Halsband

Die folgende Episode stammt zur Abwechslung einmal nicht aus der Edda, sondern aus einem wesentlich jüngeren Werk, der Handschriftensammlung »Flateyjarbók« aus dem 14. und 15. Jahrhundert. In dieser Sammlung findet sich die »Sörla þáttr«, die »Geschichte von Sörli«:

Ob Freyja, wie in der »Lokasenna« behauptet, tatsächlich die Geliebte von Alben und Asen ist, lässt sich in den Quellen nur schwer verifizieren. Um aber in den Besitz des Goldhalsbandes zu gelangen, das von vier Zwergen geschmiedet wurde, muss sie mit jedem von ihnen eine Nacht verbringen.

Und davon erfährt natürlich kein anderer als Loki, der es postwendend Odin verrät.

Odin zwingt nun seinerseits Loki, ihm auf der Stelle das kostbare Halsband zu verschaffen. Aber ganz so einfach ist das nicht, denn Loki kann nur in der Gestalt einer Fliege in Freyjas Schlafzimmer gelangen. Und als er endlich im Zimmer ist, muss er auch noch feststellen, dass die Göttin auf ihrem Schmuck schläft. Er sticht sie also. Das ist zwar für eine Fliege eher untypisch, führt aber zu dem Ziel, dass sich die Göttin bewegt und Loki so an das begehrte Halsband herankommt.

Auf welche Weise, dazu sagt der Text nichts, aber Freyja erfährt, wo ihr Halsband abgeblieben ist und fordert es nun ihrerseits von Odin zurück. Dieser ist durchaus bereit, ihrer Bitte nachzukommen, aber das hat seinen Preis: Freyja soll nämlich als Gegenleistung zwischen den beiden Helden Hedin und Högni für ewigen Krieg sorgen.

Was ihr auch gelingt. Und so entsteht das Hjaðningavík, der »Kampf der Hedinskrieger«.

Übrigens lässt sich in diesem Fall nicht eindeutig feststellen, welche Bedeutung der Name des Halsschmucks hat. Möglich wäre die Lesart als »Halsband der Brisinge«, aber auch die sprachliche Nähe zum norwegischen Verb *brisa* für »glänzen« ist durchaus möglich.

Odin, der Göttervater. Illustration von Z. Pietsch, 1874.

auch mit seiner Schwester Freyja verheiratet, bis er schließlich bei den Asen um die schöne Riesentochter Gerda wirbt. Wie jeder ordentliche Gott hat auch Freyr seine Attribute: Ihm gehören das Schiff Skiðblaðnir und ein Eber mit dem sprechenden Namen Gullinborsti (= der mit den goldenen Borsten). Dieser Eber, selbst ein Fruchtbarkeitssymbol, ist schneller als jedes Pferd, und da seine Borsten in der Nacht leuchten, kann er Freyrs Wagen tags und nachts ziehen. Und auch Freyrs Schiff bietet einige Vorzüge: Zum einen hat es, wo und wann immer es unterwegs ist, günstigen Wind. Dann ist es ziemlich praktisch zum Mitnehmen, denn es lässt sich wie ein Tuch zusammenlegen und in einen Beutel stecken. Und solange die anderen Götter unbewaffnet sind, haben sie alle darin Platz.

Eine ganz andere Version zum Gott Freyr erzählt Snorri Sturluson in der Ynglingasaga: Freyr ist hier ein schwedischer König, der sich in Uppsala niederließ. Unter seiner Herrschaft begann »Fróðis Friede«, eine lange Friedenszeit mit ertragreichen Ernten. Zur Erklärung – oder vielleicht eher zur Verwirrung: Fróði war ein sagenhafter dänischer König, der einen ebenso dem Bereich der Sage zuzuordnenden Frieden gestiftet hat. Von ihm ist noch in anderen skandinavischen Texten die Rede, und normalerweise ist er eine eigenständige Sagenfigur. Lediglich Snorri setzt ihn in seinem Werk mit Freyr identisch.

Und damit sind wir wieder bei Freyr und einem weiteren Namen: Er hieß nämlich mit Beinamen Yngvi, woraus das Geschlecht der Ynglinge seinen Namen bezogen haben soll. Und damit wäre Freyr auch identisch mit dem mythischen Stammvater der Germanenstämme der Ingwäonen, von denen unter anderem Tacitus in seiner »Germania« berichtet. (Zu den Ingwäonen werden die Angeln, Chauken, Friesen, Sachsen, Warnen, Jüten, Kimbern und Teutonen gezählt.)

Der Bezug zu Schweden gilt als relativ sicher. Weniger sicher, aber immerhin möglich ist es, dass Freyr auch identisch ist mit einem Gott Fricco. Von dem nämlich berichtet der Chronist Adam von Bremen in seiner »Gesta Hammaburgensis ecclesiae pontificum«, der »Hamburgischen Kirchengeschichte«. Fricco soll in einem Tempel im schwedischen Uppsala, der heute nicht mehr existiert, gemeinsam mit den Göttern Thor und Wodan verehrt worden sein. Das Standbild des Fricco habe sich dabei durch einen »mächtigen Phallus« (*cum ingenti priapo*) ausgezeichnet, außerdem seien anlässlich von Opferfeiern im Rahmen eines Fruchtbarkeitskults Fricco alias Freyr zu Ehren laszive Gesänge vorgetragen worden (»Gesta Hammaburgensis«, Buch 4, Abschn. 26).

Erzählung

Freyrs Brautwerbung

Mit dem, was man im Allgemeinen unter einer »Werbung« versteht, lässt sich Freyrs »Antrag« an die schöne Riesentochter Gerda nicht unbedingt vergleichen. Als er nämlich das Mädchen aus einiger Entfernung zum ersten Mal sieht, ist er keineswegs glücklich oder verliebt im herkömmlichen Sinn. Im Gegenteil: Freyr bekommt auf der Stelle schlechte Laune, sehr schlechte Laune. Die Götter in Asgard schicken seinen Diener Skirnir zu ihm, um ihn zu fragen, was denn nur los sei. Und richtig: Freyr will entweder die schöne Riesentochter heiraten oder gar nicht mehr leben. Und da er heiraten immer noch für die bessere der beiden Alternativen hält, schickt er seinen Diener zu Gerda, damit er ihm das Mädchen bringe, ganz egal, wie deren Vater zu dem Thema steht.

Skirnir bittet sich als Gegenleistung Freyrs Schwert aus – weshalb dieser das dann später bei den Ragnarök auch nicht mehr zur Verfügung hat – und erledigt erfolgreich seine Brautwerbung:

> Da fuhr Skirnir und warb um das Mädchen für ihn und erhielt die Verheißung, nach neun Nächten wolle sie an den Ort kommen, der Barri heiße, und mit Freyr Hochzeit halten.

Das ist die Kurzfassung der Brautwerbung, wie sie Snorri in der Prosa-Edda erzählt (Gylf. 37). Übertrieben romantisch klingt das nicht gerade.

Aber diese Version wird an mangelndem Zartgefühl deutlich überboten von derjenigen aus der Lieder-Edda (»Skirnisför« oder auf Deutsch »Skirnis Fahrt«):

Wir beginnen an der Stelle, als Skirnir bei Gerda auftaucht:
Zuerst bietet Freyrs Diener dem Mädchen elf goldene Äpfel, sozusagen als Gegenleistung für die Hochzeit. Sie lehnt ab. Daraufhin versucht er, sie mit einem edlen Ring für die Heiratspläne seines Herrn zu gewinnen. Wiederum ohne Erfolg. Nun wird Skimir schon etwas deutlicher. Entweder, Gerda erklärt sich jetzt endlich zu

dieser Hochzeit bereit, oder er enthauptet sie mit Freyrs Schwert. Aber auch das beeindruckt das Mädchen nicht. Und jetzt folgt eine »Brautwerbung«, die ihresgleichen in der Literatur sucht: Denn Skirnir droht Gerda mit so gut wie allem, was wirklich unerfreulich ist. Einsam werde sie sein, für alle Zeiten gefangen, ohne Essen, bis in alle Ewigkeit unverheiratet, die Asen werden sie hassen, zum Trinken bekommt sie den Urin einer Ziege. Und zu guter Letzt verflucht er das Mädchen:

Hört es Joten, hört es, Hrimthursen,
Suttung Söhne, ihr Asen selber!
Wie ich verbiete, wie ich banne
Mannes Gesellschaft der Maid,
Mannes Gemeinschaft.
Hrimgrimnir heißt der Riese, der dich haben soll
Hinterm Totentor,
Wo verworfne Knechte auf knotige Wurzeln
Dir Geißenharn gießen.
Anderer Trank wird dir nicht eingeschenkt,
Maid, nach meinem Willen,
Maid, nach deinem Willen.

Einen Thurs schneid ich dir und drei Stäbe:
Unmäßigkeit, Unmut, Ungeduld.
So schneid ich es ab, wie ich es einschnitt,
Wenn es Not tut, so zu tun.
(»Skirnisför«, 34–36)

(Der »Thurs« ist eine unheilbringende Rune und damit ein germanisches Zauber-Schriftzeichen.)

Diese Schmäh- und Drohrede des Dieners, aus der hier nur die drei letzten Strophen wiedergegeben wurden, zieht sich über insgesamt zwölf Strophen und zählt zu den gewaltigsten Bannsprüchen der gesamten altnordischen Sagenliteratur. Aber sie zeigt Wirkung! Freyr möge sich neun Nächte gedulden, dann werde sie seine Frau, verspricht die nun einigermaßen überzeugte Gerda.

Zurück bei seinem Herrn vermeldet Skirnir, alles sei wunderbar verlaufen, in neun Tagen werde Gerda Freyrs Frau. Was Freyr für einen fast unzumutbar langen Zeitraum hält.

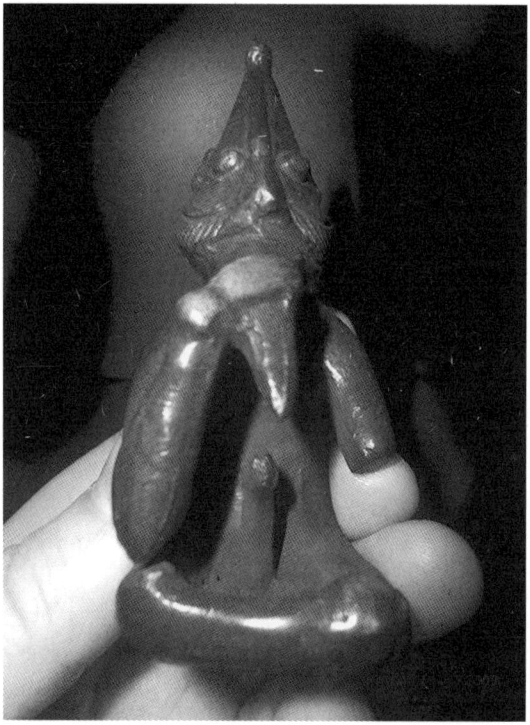

Zwar nicht die Statue aus dem Tempel von Uppsala, aber auch ein Beleg beeindruckender Männlichkeit: die Kopie einer Statue aus Rällingeborg / Schweden.

Und hier noch einmal »klassisch«: Freyr auf seinem Eber Gullinborsti.

Frigg

Sie ist die Ehefrau des Gottes Odin und damit Mutter von Balder, Hermodr, Höðr und Bragi. Ihr Palast in Asgard heißt Fensalir, hier führt sie Liebende zusammen, die zu Lebzeiten nicht zueinander finden konnten. Sie kann als Göttin der Frauen, aber auch der Liebe gelten.

In der Dichtung tritt das Ehepaar Odin und Frigg mit sehr menschlichen Zügen auf – die beiden sind sich nämlich keineswegs immer einig. Ein schönes Beispiel hierzu findet sich am Beginn des »Grimnismáls«, des »Liedes von Grimnir« aus der Lieder-Edda. Hier geht es um zutiefst menschliche Eifersüchteleien und Rivalitäten:

> Odin und Frigg saßen auf Hlidskialf und überschauten die Welt. Da sprach Odin: ›Siehst du Agnar, deinen Pflegling, wie er in der Höhle mit einem Rieseweibe Kinder zeugt, aber Geirröd, mein Pflegling, ist König und beherrscht sein Land.‹
>
> Frigg sprach: ›Er ist aber solch ein Neiding, daß er seine Gäste quält, weil er fürchtet, es möchten zu viele kommen.‹
>
> Odin sagte, das sei eine große Lüge: da wetteten die beiden hierüber.
>
> Frigg sandte ihr Schmuckmädchen Fulla zu Geirröd und trug ihr auf, den König zu warnen, daß er sich vor einem Zauberer hüte, der in sein Land gekommen sei: dieser Zauberer würde daran zu erkennen sein, daß kein Hund ihn angreifen möge.*

Friggs und Odins Eintreten für ihre jeweiligen Schützlinge scheint damit übrigens beendet zu sein.

Eine Geschichte zur Göttin Frigg, die zumindest nach heutigem Verständnis nicht allzu sehr nach weiblicher Selbstbestimmung klingt, steuert Snorri Sturluson in der »Ynglingasaga« (Abschnitt 3) bei:

> Odin hatte zwei Brüder. Der eine hieß Ve, der andere Vili. Seine Brüder führten die Herrschaft in seiner Abwesenheit. Einmal, als Odin weit fortgewandert war und lange ausblieb, glaubten die Asen, er würde nicht wiederkommen. Da teilten seine Brüder sich dessen Erbe, Odins Weib Frigg aber nahmen sie gemeinsam zur Frau. Bald darauf aber kam Odin zurück und nahm wieder Besitz von seiner Gemahlin.**

---

* Lieder-Edda, hrsg. v. W. Hansen, 2013, S. 117f.

** Snorris Königsbuch, 1965, S. 28.

Nicht nur aus heutiger Sicht ist diese Geschichte, wie gesagt, ziemlich frauenfeindlich, auch zu Zeiten der Mythologie trägt sie der Göttin schon den Vorwurf der Promiskuität ein. Der »Ankläger« ist allerdings der Gott Loki, und der ist als Unruhestifter gut bekannt. (Nachzulesen ist diese Anklage in der »Lokasenna«, Vers 26, der Schmährede Lokis aus der Lieder-Edda.)

Neben dieser Beschuldigung aus der »Lokasenna« findet sich aber noch eine dritte Geschichte, in der von Friggs Freizügigkeit erzählt wird. Und hier ist die Göttin keineswegs die passiv Duldende, sondern sie ergreift selbst die Initiative, wenn auch nicht unbedingt aus Gründen des persönlichen Amüsements: Der dänische Geschichtsschreiber Saxo Grammaticus erzählt in seiner »Gesta Danorum« von einer Statue, die der Gott Odin von nicht näher benannten nordischen Königen aus Verehrung geschenkt bekommt. Das Standbild zeigt Odin selbst, es ist reich vergoldet.

Die Göttin Frigg findet sich auch am Sternenhimmel: Nach ihr wurde der am 12. November 1862 entdeckte Asteroid »Frigga« benannt. Er findet sich im sogenannten Hauptgürtel, zwischen den Planetenbahnen von Jupiter und Mars.

Und dieses Geschenk ist der Auftakt für einen veritablen Ehestreit. Alles fängt damit an, dass Frigg aus Eifersucht – immerhin hat nur ihr Mann so ein wertvolles Geschenk bekommen, sie dagegen nicht – einige Schmiede damit beauftragt, das Gold abzutragen. Woraufhin Odin nun seinerseits verfügt, dass die Schmiede aufgehängt werden. Aber auch deren Ermordung ändert nichts daran, dass seine Statue nun nicht mehr golden schimmert, was eine deutliche Einbuße an Prestige bedeutet. Eine neue Eigenschaft muss also her. Und so verzaubert Odin das Standbild, so dass es bei menschlicher Berührung zu sprechen beginnt.

Das regt Frigg allerdings erst recht auf, und sie bittet einen Diener um »Mithilfe«. Die Rechnung ist ganz einfach: Sex gegen kaputtes Standbild. Denn genau das muss der Diener als Gegenleistung erbringen, er muss die Statue ihres Mannes Odin endgültig zerstören.

In gewisser Weise gewinnt Frigg damit den Krieg, denn Odin flüchtet wegen der Schande freiwillig ins Exil. Er kommt allerdings auch wieder zurück. Was dann mit Frigg passiert, erzählt Saxo nicht mehr.

Die Göttin Frigg dürfte auch außerhalb Skandinaviens bekannt gewesen sein. Im zweiten Merseburger Zauberspruch etwa tritt sie als »Frîja« auf.

Im 3. oder 4. Jahrhundert wurde Frigg sogar so weit verehrt, dass man bei der Übersetzung des römischen Wochentages *dies Veneris* den althochdeutschen *frîatac* wählte und damit die römische Göttin Venus mit Frigg alias Frîja gleichsetzte.

Zitat

Der zweite Merseburger Zauberspruch

Die beiden Zaubersprüche, benannt nach ihrem Auffindungsort im Domkapitel von Merseburg, sind in einer Handschrift aus dem 9. / 10. Jahrhundert überliefert. Es handelt sich dabei um zwei Zauberformeln in althochdeutscher Sprache, die inhaltlich Bezug nehmen auf Themen der nordischen Mythologie. Der zweite der beiden Zaubersprüche gilt als sogenannter Heilungszauber.

Phôl ende Wuodan fuorun zi holza.
dû wart demo balderes folon sîn fuoz birenkit.
thû biguol en Sinthgunt, Sunna era swister;
thû biguol en Frîja, Folla era swister;
thû biguol en Wuodan, sô hê wola conda:
sôse bênrenki, sôse bluotrenki,
sôse lidirenki:
bên zi bêna, bluot zi bluoda,
lid zi geliden, sôse gelîmida sîn.

(»Phol und Wodan ritten in den Wald; da wurde der Fuß von Balders Fohlen verrenkt; da besang es Sintgunt und Sunna, ihre Schwester, da besang es Friia und Volla, ihre Schwester, da besang es Wodan, der dies gut konnte. Sei es Beinrenkung, sei es Blutrenkung, sei es Gliedrenkung: Bein zu Bein, Blut zu Blut, Glied zu Glied, als wenn sie geleimt wären!«*)

* Zweiter Merseburger Zauberspruch. Originalzitat: Wikipedia, Übersetzung: R. Simek, 1984, S. 474.

Frigg und Odin sitzen auf dem Thron Hliðskjálf und beobachten die Welt. Zeichnung aus dem 19. Jahrhundert.

Gefjon

Bei dem Namen denkt man als Erstes an einen männlichen Gott. Aber Gefjon (altnord. Gefjun) ist eine Göttin, genau genommen eine Fruchtbarkeitsgöttin. Snorri Sturluson berichtet von ihr sowohl in der Prosa-Edda (Gylf. 1) als auch in der »Ynglingasaga« (Abschnitt 5): Als Odin nach Skandinavien kam, machte er zwischendurch in Odense (im heutigen Dänemark) eine Pause und sandte Gefjon in den Norden auf Landsuche aus. Der schwedische König Gylfi gab ihr tatsächlich Land zum Pflügen. Gefjon verwandelte daraufhin ihre vier Söhne, die sie gemeinsam mit einem Riesen hatte, in Stiere. Sie spannte die Stiere alias Söhne vor einen Pflug und pflügte so die Insel Seeland von Schweden los.

Bis hierher mag die Sage ja noch in irgendeiner Weise erklären, warum bis heute das dänische Seeland eine Insel und damit eben tatsächlich nicht an Schweden angebunden ist. Schwierig wird es allerdings bei der weiteren Lokalisation à la Snorri. Denn er erklärt, ursprünglich habe Seeland dort gelegen, wo sich »heute«, also im 13. Jahrhundert, der Mälarsee befände. Nun liegt der Mälarsee allerdings bei Stockholm, und das ist noch einmal etliche hundert Kilometer von der schwedischen Grenze zu Dänemark entfernt.

Ganz im Norden dieser Karte erkennt man ein kleines Stückchen der dänischen Insel Seeland. Direkt auf der anderen Seite des Öresund beginnt Schweden. Und ziemlich weit nördlich davon liegt Stockholm mit dem Mälarsee. Seeland war also definitiv nie in der Nähe des Mälaren. Allerdings wird etwas so Nebensächliches wie die geographi-

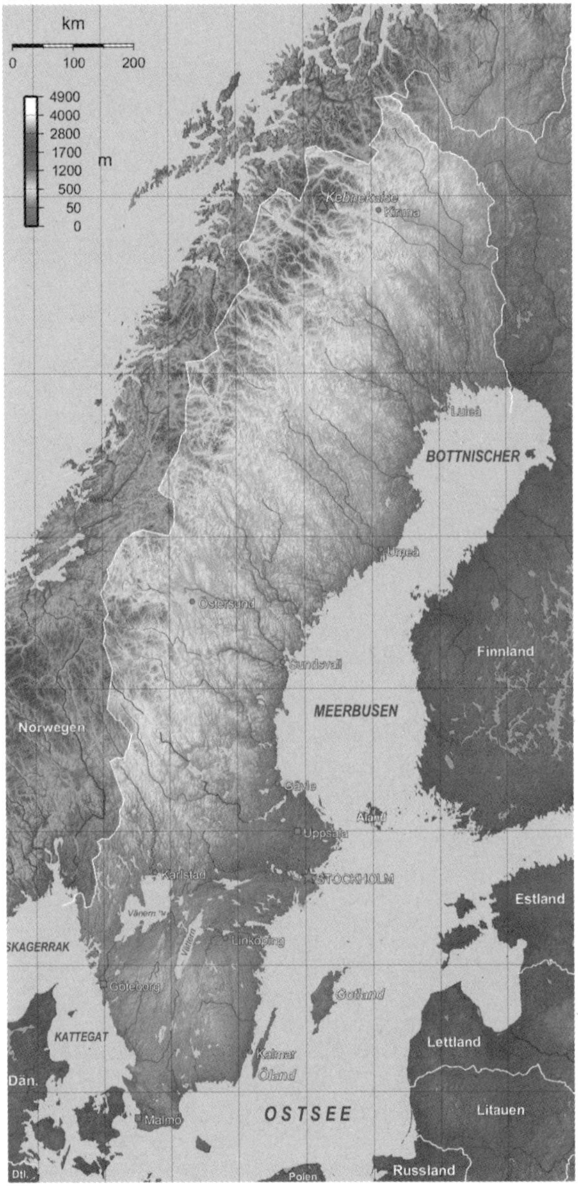

Ein Blick auf den Öresund. Heute sind das schwedische Schonen und Dänemarks Insel Seeland durch die Öresundbrücke und damit auch für den Autoverkehr miteinander verbunden.

sche Lage dieses Sees in der Forschung heute auch vernachlässigt. Die Sage um Gefjons Stiere gilt vielmehr als Versinnbildlichung dafür, wie Seeland von Schweden getrennt wurde und wie damit der heutige Öresund entstand. (Siehe Bildtafel nach S. 32 [Gefjon-Brunnen in Kopenhagen].)

Später soll Gefjon mit Skjöld, einem der Söhne Odins, verheiratet gewesen sein und mit ihm in Lejre auf Seeland gelebt haben. Dieser Ort ist bis heute archäologisch bedeutsam durch seine prähistorischen und historischen Funde, die bis in die Steinzeit zurückgehen.

Heimdall

Schweig du, Heimdall! In der Schöpfung Beginn
Ward dir ein leidig Los.
Mit feuchtem Rücken fängst du den Tau auf
Und wachst der Götter Wärter!

Derjenige, der hier so schimpft, ist natürlich kein anderer als der Gott Loki. Die Zeilen stammen aus seiner großen Schmährede (»Lokasenna«, 48) aus der Lieder-Edda. Der Beschimpfte ist in diesem Fall der Asengott Heimdall (altnord. Heimdallr). Er gilt tatsächlich als Wächter der Götter, und als solcher wohnt er auf Himinbjörg bei der Brücke Bifröst, die Asgard mit der Welt der Menschen verbindet. Seine Aufgabe besteht darin, den Bereich der Götter vor den Riesen zu schützen.

Nun bleibt zwar in Lokis Schmährede so gut wie niemand von den Flüchen verschont, Heimdall und er können sich aber auf besondere Weise nicht leiden, genau genommen sind sie Todfeinde, deren Antipathie erst ein Ende nimmt, wenn in der nordgermanischen Mythologie alles ein Ende nimmt: Bei den Ragnarök erschlagen sich die beiden gegenseitig.

Hier noch einige weitere Details zu diesem Gott: Er wird auch »der weiße Ase« genannt, warum, das wird allerdings nirgends genau erklärt. Heimdall ist groß und heilig und wurde von nicht weniger als neun Müttern geboren, die zugleich auch Schwestern waren. Seine Zähne sind aus Gold, und natürlich hat auch sein Pferd einen Namen, es heißt Gulltopr (auf Deutsch: Goldzopf). Bemerkenswert ist Heimdalls Schlafpensum. Er braucht nämlich beinahe gar keinen Schlaf, »weniger als ein Vogel«. Er sieht bei Tag und Nacht 100 Meilen weit, er hört wortwörtlich das Gras auf der Erde und die Wolle auf den Schafen wachsen. Sein Horn Gjallarhorn kann man – für einen Wächter nicht ganz unpraktisch – auf der ganzen Welt

Heimdall mit seinem Horn. Aus einer isländischen Handschrift des 18. Jahrhunderts.

hören. Mit ihm warnt er auch zu Beginn der Ragnarök die Götter vor dem bevorstehenden Weltenende.

Im Übrigen herrscht über Heimdall noch einige Unklarheit: Neun Mütter sind an sich schon eine beachtliche Anzahl, allerdings ist nicht einmal sicher, ob es sich dabei um die neun Töchter des Ägir und damit um die neun Wellen handelt, oder ob es nicht doch eher Riesinnen sind. Außerdem ist man sich in der Wissenschaft unschlüssig, welche Funktion Heimdall neben der des Wächters haben könnte: Ein Gott der Stärke könne er sein, ebenso aber auch ein Gott des Ursprungs, er kann, durch seine neun Geburten, auch ein Gott sein, der für den Beginn eines langen Lebens steht. Dann gibt es noch die Möglichkeit, in ihm einen Feuergott zu sehen. Nimmt man dagegen seine goldenen Zähne als Symbol, dann könnte er außerdem ein Gott der Morgenröte und des Tages sein. Oder er ist ein Sonnengott. Um es mit den Worten des Historikers Rudolf Simek zu sagen: Von einer »ganzheitlichen Deutung des Charakters und der Funktion Heimdalls«* ist man noch weit entfernt.

Iðunn

Die Göttin Iðunn (auf Deutsch: Idun) könnte man als die »Hüterin der Jugend« bezeichnen. Denn sie bewahrt in ihrer Truhe Äpfel auf, von denen die Asen essen müssen, wenn sie nicht altern und damit auch nicht sterben wollen. Und tatsächlich erhält Iðunn den Göttern bis zu den Ragnarök auf diese Weise ihre Jugend. Einmal allerdings wäre es fast schiefgegangen.

In der Figur der Göttin Iðunn und ihren Äpfeln finden sich Anklänge an die Hesperiden des klassischen Altertums. Und natürlich denkt man auch an die Äpfel und den Baum der Erkenntnis im Paradies des Alten Testaments. Anders als in der Bibel stellen Iðunns Äpfel allerdings kein Symbol der Verführung dar, sondern sind positiv besetzt.

Loki

Er ist einerseits eine der negativsten Gestalten des gesamten nordgermanischen Pantheons. Aber wie das in der Literatur häufig der Fall ist bei den Antagonisten-

* R. Simek, 1984, S. 166.

Erzählung

Der Raub der Iðunn

Riesen und Götter sind in der altnordischen Mythologie bekanntlich verfeindet. Und so ist es auch hier wieder einmal ein Riese, der die Asen beinahe um ihre ewige Jugend und ihre Unsterblichkeit bringt. Er heißt Thjazi (altnord. Þjazi), und was er tut, ist tatsächlich ziemlich unfair. Denn eines Tages sind die Asen Odin, Loki und Hœnir unterwegs, um ganz friedfertig einen Ochsen zu braten. Thjazi, hier in Gestalt eines Adlers, ist damit allerdings nicht einverstanden, außer, sie würden ihm einen Teil des Ochsen abgeben. Die Götter willigen ein, aber Thjazi ist nun mal ein Riese, und entsprechend viel Fleisch nimmt er sich auch. Das ärgert nun wieder Loki dermaßen, dass er ihn mit einer Stange erschlagen will. Das Problem ist nur, dass die Stange zum einen am Adler alias Thjazi hängen bleibt, zum anderen aber auch Loki nicht von der Stange loskommt. Jetzt schleift ihn Thjazi so lange über Erde, Geröll und alles andere, was wehtut, bis Loki um Gnade bittet. Und der Riese lässt sich bitten. Aber das Ganze hat seinen Preis: Loki muss ihm nämlich als Gegenleistung Iðunn samt ihren Äpfeln herbeischaffen.

Loki wäre nicht der, der er nun einmal ist, wenn er sich jetzt auf die Seite der Göttin stellen und sein erpresstes Versprechen brechen würde. Stattdessen überlistet er Iðunn, die an dem ganzen Vorfall völlig unschuldig ist. Draußen im Wald, so erzählt er ihr, lägen Äpfel, die ihm ausgesprochen kostbar vorkämen, ob sie sich die nicht einmal anschauen wolle. Und wenn sie schon mitkäme, dann solle sie doch bitte zum Vergleich auch ihre eigenen Äpfel einpacken.

Damit ist für Thjazi alles vorbereitet, er nimmt zum zweiten Mal die Gestalt eines Adlers an und entführt Göttin und Äpfel.

Den Asen geht es nun erwartungsgemäß schlecht, ohne Iðunns Äpfel ist es vorbei mit der Jugend. Sie versammeln sich und überlegen: Zuletzt wurde sie mit Loki gesehen, als die beiden Asgard verließen. Da die Asen Loki gut genug kennen, um zu wissen, dass er mit dem Verschwinden Iðunns durchaus zu tun haben könnte, ergreifen sie ihn und bedrohen ihn mit dem Tod, sollte er nicht Göttin samt Äpfeln wieder zurückbringen.

Loki sieht ein, dass er ziemlich schlechte Karten hat. Also gut, wenn die Götter ihm Freyjas Falkengewand leihen würden, dann würde er nach Jotunheim reisen und Iðunn dort suchen.

Loki hat Glück, er findet sie nicht nur, sondern sie ist auch noch allein zu Hause, der Riese ist gerade weg, auf dem Meer. Loki verwandelt die Göttin in eine Nuss und fliegt mit ihr und ihren Jugend erhaltenden Äpfeln davon, so schnell er kann. Der Rest verläuft wie gehabt unter Asen und Riesen: Thjazi kommt zurück, ist ziemlich ungehalten über die Entführung seiner Beute, fliegt Loki hinterher – und wird von den Asen erschlagen.

Iðunn und ihre Äpfel.

figuren, so ist er auch der vielschichtigste und damit vielleicht sogar der interessanteste Gott.

Loki ist zum einen der Vater der drei Feinde der Welt, der Midgardschlange, der Göttin Hel und des Fenriswolfes, auch bei den Ragnarök schlägt er sich nicht auf die Seite der Asen, sondern er führt, ganz im Gegenteil, deren Gegner an. Gleichzeitig übernimmt er in einigen Episoden der Edda einen recht unterhaltsamen Part und hilft den Göttern des Öfteren mit seiner Intelligenz.

Er tritt in verschiedenen Geschichten in Erscheinung, einige davon wurden in diesem Buch bereits wiedergegeben. So wirkt er mit an der Entführung der Göttin Iðunn (siehe S. 83f.), beim Bau Asgards ist er es, der die Göttin Freyja davor bewahrt, in die Hände des Riesen zu fallen (siehe S. 48f.), seiner List verdankt Thor in dieser Episode ganz nebenbei sein achtbeiniges Pferd Sleipnir. Es ist Loki, der es schafft, Thor seinen gestohlenen Hammer Mjöllnir zurückzuholen und der gleichzeitig ein weiteres Mal Freyja vor der Ehe mit einem Riesen rettet. Wenig rühmlich ist dagegen seine Rolle beim Tod Balders: Nicht nur ist er derjenige, der Balders blindem Bruder den Mistelzweig zuspielt, durch den der Gott ermordet wird. Loki in Gestalt des Riesenweibes ist auch das einzige Lebewesen auf der ganzen Welt, das sich weigert, um Balder zu weinen. Was dazu führt, dass die Göttin Hel, Lokis Tochter nämlich, den toten Paradegott nicht mehr herausgibt (siehe hierzu S. 127f.).

In der älteren Edda gibt ein komplettes Lied, die bereits erwähnte »Lokasenna«, Gelegenheit dazu, Loki in Hochform bei dem zu erleben, was er anscheinend besonders gerne macht: fluchen und seine Mitgötter beschimpfen. Den Anlass für die ganze Auseinandersetzung hatte er natürlich selbst gegeben: Die Götter, darunter auch Loki, waren als Gäste beim Riesen Ägir eingeladen. Alle sind sehr angetan von Ägirs geschickten Dienern, und genau das kann Loki gar nicht vertragen. Er erschlägt kurzerhand einen der Diener. Weil es dazu erstens einmal keinen Grund gab und so etwas zweitens auch kein guter Stil ist, wird Loki aus der Halle vertrieben. Aber er pocht auf sein Recht, wieder eingelassen zu werden, so dass ihn die Götter widerstrebend aufnehmen müssen. Und nun beginnt eine Schmäh- und Spottrede, bei der wirklich jeder und jede etwas zu hören bekommen. Dieser Schlagabtausch zwischen Loki und den anderen Göttern wirft zwar kein besonders gutes Licht auf Loki selbst, führt aber gleichzeitig gut ein in den Kosmos der Asen – einfach deshalb, weil niemand von Lokis Beschimpfungen verschont bleibt und man die Götter auf diese Weise dem Namen nach alle kennenlernt. Wie viel

Erzählung

Von Lokis Fahrt in das Riesenland berichtet bereits im 10. Jahrhundert der isländische Skalde Eilífr Góðrúnarson in seinen »Thórsdrápa« (den »Preisliedern auf Thor«). Snorri Sturluson hat diese Episode in seine »Skáldskaparmál« übernommen:

Thors Fahrt nach Geirröðargarð

Alles fängt damit an, dass Loki sich aus purer Langeweile Friggs Falkengewand schnappt und so, verwandelt in einen Falken, ins Reich des Riesen Geirröðr fliegt. Er stellt sich aber dermaßen dumm an, dass der Riese ihn gefangen nehmen kann. Es folgen drei Monate Gefangenschaft in einer eher unbequemen Kiste, obendrein muss der arme Loki respektive der Falke hungern. Nach diesen drei Monaten hat ihn Geirröðr da, wo er ihn haben will: Loki gibt sich zu erkennen, und um sein Leben zu retten, verspricht er dem Riesen außerdem, dass er ihm Thor höchstpersönlich bringen werde, und zwar ohne dessen Hammer Mjöllnir und ohne den Stärkegürtel. Mit anderen Worten: einen ziemlich kampfunfähigen Thor.

Aber Thor macht auf dem Weg bei einem Riesenweib Pause, und die gibt ihm ihren eigenen Stärkegürtel, dazu Eisenhandschuhe und einen Zauberstab. Thor ist also wieder gut gerüstet.

Als er schließlich den Fluss Vimur überqueren will, schwillt der immer mehr an. Thor sucht nach der Ursache und findet sie in Geirröðrs Tochter Gjálp, die auf ziemlich unappetitliche Weise für das Anschwellen der Wassermassen sorgt. Thor macht, was in so einer Situation wahrscheinlich viele machen würden, er nimmt einen Stein und wirft ihn nach dem Mädchen. Und Thor trifft sein Ziel immer! Gjálp passiert zwar nichts, aber sie ist auf Thor jetzt nicht mehr besonders gut zu sprechen, und das zeigt sich, sobald er im Haus des Riesen ankommt. Denn der Stuhl, auf den sich der Chef der Götter setzt, hebt sich auf einmal immer weiter in die Höhe. Schuld daran sind Gjálp und ihre Schwester Greip. Sie planen, ihn mit dem Stuhl an der Decke zu erdrücken. Aber Thor leistet Widerstand und bricht nun seinerseits den Riesinnen den Rücken. Ganz unkommentiert kann der Vater der Riesenmädchen das Geschehen natürlich nicht lassen. Der nun folgende Kampf zwischen Riese und Gott geht so aus, wie diese Kämpfe eigentlich immer ausgehen: Thor durchbohrt Geirröð.

(Nachzulesen in den »Skáldskaparmál«, 60.)

Diese Episode zeigt Loki von zwei Seiten: Im ersten Teil, der seine Gefangennahme schildert, übernimmt er einen eher komödiantischen Part. Seine Bereitschaft, für die eigene Freiheit dem Riesen den Gott Thor ans Messer zu liefern, zeigt dagegen den Opportunisten, der bereit ist, andere für den eigenen Vorteil zu verraten.

man durch Loki über deren wahres Wesen erfährt, ist allerdings so zweifelhaft, wie das bei Beschimpfungen und Polemik immer der Fall ist.

Loki ist also schlau und boshaft in einem. Er taucht als Intrigant ebenso auf wie als komödiantische Figur in schwankhaften Passagen. Am ausführlichsten vorgestellt wird er in den »Gylfaginning«. In der »Lokasenna« dagegen wird er selbst nicht beschrieben, sondern tritt nur als Provokateur auf:

> Noch zählt man einen zu den Asen, den einige den Verlästerer der Götter, den Anstifter allen Betrugs und die Schande der Götter und Menschen nennen. Sein Name ist Loki oder Loptr und sein Vater der Riese Farbauti, seine Mutter heißt Laufey oder Nal; seine Brüder sind Bileistr und Helblindi. Loki ist schmuck und schön von Gestalt, aber bös von Gemüt und sehr unbeständig. Er übertrifft alle andern in Schlauheit und jeder Art von Betrug. Er brachte die Asen in manche Verlegenheit; doch half er ihnen oft auch durch seine Klugheit wieder heraus. Seine Frau heißt Sigyn und deren Sohn Nari oder Narwi. (Gylf. 33)

Nach derzeitigem Stand der Wissenschaft ist Loki eine reine Sagenfigur ohne Bezug zur tatsächlich gelebten Religion. Auch die Bedeutung seines Namens ist bislang ungeklärt. Und es geht noch weiter mit den Unbestimmtheiten: Loki ist ein funktionsloser Gott, das heißt, dass ihm kein Patronat zugeschrieben wird, als dessen Schutzgott er gilt. Außerdem gibt es keinen Loki-Kult. Zudem ist im ganzen skandinavischen Raum kein einziger Ort bekannt, in dem sich Anklänge an seinen Namen finden. Das Einzige, was uns also bleibt, ist nach Parallelen außer-

Erzählung

Lokis Bestrafung

Ein bisschen literarische Gerechtigkeit gibt es übrigens nach allem, was Loki Gemeines anstellt, doch noch. Denn nachdem er nicht nur Balders Tod verschuldet hat, sondern auch noch der Einzige ist, der sich weigert, dem Lieblingsgott der Menschen und Asen wieder ins Leben zurückzuhelfen, reicht es den Göttern endgültig. Das begreift auch Loki und er flüchtet sicherheitshalber in einen Berg. Dort verschanzt er sich in einem Haus. Aber um wenigstens ab und zu nach draußen zu kommen, verwandelt er sich manchmal in einen Lachs. Fische, denkt er, lassen sich nicht so leicht fangen. Dummerweise bastelt er sich aber ein Netz, und mit dem werden die Götter seiner schließlich doch noch habhaft. Zimperlich verfahren sie jetzt nicht mit ihm: Sie bringen Loki in eine Höhle und holen seine Söhne Vali und Nari. Vali verwandeln sie in einen Wolf, der, auf diese Weise mutiert, seinen Bruder Nari zerreißt. Mit dessen Gedärmen (!) fesseln sie Loki an drei Steine. Über ihm wird eine Giftschlange befestigt, die von nun an ihr Gift auf ihn tropft. Das tut ziemlich weh. Lokis Frau Sigyn kann zwar eine Schale über ihren Mann halten, in der sie das Gift auffängt, aber ab und zu muss sie die ausleeren. Das sind die Momente, in denen Loki sich vor Schmerz so aufbäumt, dass die Erde bebt – wodurch sich ganz nebenbei die Erdbeben erklären lassen.

Aus dieser misslichen Lage wird Loki erst mit dem Beginn der Ragnarök wieder befreit. So betrachtet ist es wohl nicht weiter erstaunlich, dass er in diesem finalen Krieg nicht auf der Seite der Asen kämpft.

Loki mit der Giftschlange als Motiv auf einer Briefmarke der Sonderedition von den Färöer-Inseln aus dem Jahr 2003.

halb der germanischen Religion zu suchen, etwa nach funktionsgleichen Götterfiguren in anderen Kulten. Aber auch bei diesen Versuchen kommt man nicht sonderlich weit. Loki ist schlicht zu vielschichtig, um eindeutige Entsprechungen in anderen Religionen zu finden:

- Er ist ein Schädiger, ein dämonisches Wesen, und insofern könnten sich Ähnlichkeiten zu Luzifer ergeben – trotzdem ist er nicht nur und ausschließlich dämonisch.
- Er ist boshaft, geschwätzig und trägt Züge des Narren, insofern wurde versucht, in ihm eine germanische Entsprechung zum griechischen Götterboten Hermes oder dem keltischen Briciu zu sehen. Aber auch diese Charakteristik trägt nicht sämtlichen von Lokis Wesenszügen Rechnung.
- In einer dritten Lesart hat man versucht, in Loki eine sinnbildliche Abspaltung der negativen Wesenszüge Odins zu sehen, dessen Blutsbruder er immerhin ist. Doch auch dieser Ansatz greift nicht weit genug.

Am ehesten lässt er sich auf eine Doppelrolle festlegen: Er ist zum einen »Kulturheros«, also ein Gott, der als Gegenspieler der Götter eine wichtige »Kulturtechnik« entwendet: Loki ist der Dieb des Feuers. Zugleich ist er ein Betrüger.

Halten wir also fest: Loki ist zwar keine positive Figur im germanischen Götterhimmel, dafür aber der mit Abstand schillerndste Charakter.

Info

Loki in der Sprache

Wenn es schon keinen Loki-Kult gibt, so finden sich doch immerhin einige Sprichwörter, die den Gott auf ihre Weise »ehren«:

»Da ist ein Loki drin«, meint in Island, dass ein Sachverhalt ziemlich vertrackt ist. Und »Lokabrenna« ist ein Ausdruck für extrem unangenehme Hitze – was auch immer man in Island darunter versteht ...

Wenn in Norwegen »Lokje seine Kinder schlägt«, dann prasselt im Ofen ein Feuer, Reste wirft man »für Lokje« ins Feuer.

Njörðr / Njörd / Nerthus

Ursprünglich einmal war Njörðr ein Wanen- und damit sogar ein Fruchtbarkeitsgott. Aber Snorri, und übrigens auch nur Snorri zufolge wurde er im Wanenkrieg als Geisel an die Asen übergeben. Wodurch er eigentlich wieder ein Asengott wäre. Aber bei diesem Gott ist manches eher unklar.

Beginnen wir also bei dem, was sich eindeutig sagen lässt: Njörðr ist der Vater des Geschwisterpaars Freyja und Freyr, verheiratet ist er mit der Riesentochter Skaði. Aber es ist keine ganz unproblematische Ehe. Denn er wohnt am Meer, genau genommen in Nóatún, für einen Meeresgott ein durchaus passender Wohnort. Skaði will jedoch in den Bergen leben. So etwas kann nicht gut gehen. Anfangs einigen die beiden sich noch: Die Hälfte der Zeit wollen sie am Meer, die andere Hälfte in den Bergen verbringen. Aber das Abkommen funktioniert nicht. Skaði stört das dauernde Geschrei der Möwen, ihn das ewige Geheule der Wölfe. Also bleibt jeder wieder dort, wo er oder sie hergekommen ist.

Njörðr regiert über den Wind und das Meer, er kontrolliert das Feuer und soll für die Seefahrt und den Fischfang angerufen werden. Außerdem ist er reich – und nicht nur das: Er ist sogar so reich, dass er denen, die ihn darum bitten, von seinem Reichtum abgeben kann.

Und damit ist von mythologischer Seite auch schon alles über Njörðr gesagt.

Anders verhält es sich mit der kultischen Verehrung. Denn hier dürfte er eine bedeutende Stellung eingenommen haben. Zeugnis davon geben zum einen diverse Ortsnamen in Mittelschweden und Westnorwegen. Zum anderen aber lässt sich eine Parallele aufzeigen zwischen der von Tacitus in seiner »Germania« (Kap. 40) erwähnten Erdgöttin Nerthus und eben jenem nordgermanischen Njörðr.

Einmal Mann, einmal Frau? Nach neuerem wissenschaftlichen Stand kann es dafür durchaus eine Erklärung geben: Es könne sich nämlich im Ursprung um eine hermaphroditische Gottheit gehandelt haben oder auch um ein göttliches Geschwisterpaar.

Schwierig wird es schon wieder bei der kultischen Zuordnung. Als Wanengott nämlich wäre Njörðr ein Fruchtbarkeitsgott und damit primär der Gott einer bäuerlichen Gesellschaft. Gleichzeitig aber lassen Schiffsdarstellungen auf Felszeichnungen aus dem Südskandinavien der Bronzezeit den Schluss zu, dass er als Gott der Seefahrer verehrt wurde. Und diese Uneinheitlichkeit setzt sich in den heutigen Ortsnamen fort: Denn in Norwegen finden sich die Orte, die eindeutig Bezug

Info

Die Verehrung der Göttin Nerthus

Das Wenige, das wir über die Nerthus wissen, stammt aus der »Germania« des Tacitus. In Kap. 40 schreibt er über sie oder vielmehr über ihren Kult Folgendes:

> Contra Longobardos paucitas nobilitat; plurimis ac valentissimis nationibus cincti non per obsequium, sed praeliis et periclitando tuti sunt. Reudigni deinde et Aviones et Angli et Varini et Eudoses et Suardones et Nuithones fluminibus aut silvis muniuntur; nec quicquam notabile in singulis, nisi quod in commune Nerthum, id est terram matrem colunt, eamque intervenire rebus hominum, invehi populis arbitrantur. Est in insula Oceani castum nemus, dicatumque in eo vehiculum veste contectum; attingere uni sacerdoti concessum; is adesse penetrali deam intellegit, vectamque bubus feminis multa veneratione prosequitur. Laeti tunc dies, festa loca, quaecunque adventu hospitioque dignatur; non bella ineunt, non arma sumunt, clausum omne ferrum, pax et quies tunc tantum nota, tunc tantum amata, donec idem sacerdos satiatam conversatione mortalium deam templo reddat. Mox vehiculum et vestes et, si credere velis, numen ipsum secreto lacu abluitur; servi ministrant, quos statim idem lacus haurit. Arcanus hinc terror sanctaque ignorantia, quid sit illud quod tantum perituri vident.
>
> (»Umgekehrt ist der Ruhm der Longobarden ihre geringe Volkszahl. Von vielen und mächtigen Stämmen umgürtet finden sie nicht in Unterthänigkeit, sondern in Kampf und Wagniß ihre Sicherheit. Es folgen die Reudigner, Avionen, Angeln, Variner, Eudosen, Suardonen und Nuithonen, sie alle durch Wälder oder Flüsse geschützt. Sonst bemerkenswerthes findet sich bei diesen Stämmen nichts als ihre gemeinschaftliche Verehrung der Göttin Nerthus, d. h. der Mutter Erde, welche persönlich hier unten erscheinen und von Volk zu Volke fahren soll. Auf einem Eiland des Ozeans ist ein heiliger Hain und in ihm steht mit einem Tuche bedeckt ein geweihter Wagen. Nur der Priester darf ihn berühren; er auch erkennt, wenn die Göttin

in ihrem Heiligthume weilt und geleitet andachtsvoll ihren von weiblichen Rindern gezogenen Wagen. Da ist dann fröhliche Zeit und Festlichkeit allerwärts, wo die Göttin einzuziehen und zu verweilen geruht. Niemand zieht in den Krieg, niemand greift zum Schwert, alle Waffen sind geborgen; die einzige Zeit wo man Frieden und Ruhe kennt, die einzige wo man sie lieben lernt, bis die Göttin, des Verkehrs unter Sterblichen satt, von demselben Priester in ihr Heiligthum zurückgebracht wird. Dort werden Wagen und Gewand und – wer es glauben mag – die Göttin selbst in einem geheimen See gebadet. Die Gehülfen dabei sind Sklaven, welche alsbald jener See verschlingt. Darum schwebt geheimes Grauen und heiliges Dunkel um ein Wesen, das der Mensch nur schauen darf um zu sterben.«)*

Als Ort des Nerthus-Kultes nennt Tacitus eine nicht näher lokalisierte Insel in der Ostsee. Mittlerweile ist man bei ihrer Bestimmung allerdings etwas weiter gekommen: Denn im westnorwegischen Hardangerfjord gibt es die kleine Insel Tysnesøy, und die hieß früher einmal »Njarðarlög« (siehe Bildtafel nach S. 96 [Insel Tysnesøy]). Dieser Name bedeutet an sich schon einmal »Njörds Kultbezirk«. Darüber hinaus aber liegt auf der Insel ein See, Vevatn, und dieser Binnensee erinnere neuen wissenschaftlichen Erkenntnissen zufolge an den bei Tacitus geschilderten Kultort der Nerthus.**

* Tacitus: »Germania«, Kap. 40, Originaltext und Übersetzung, zitiert nach Projekt Gutenberg; http://www.gutenberg.spiegel.de.

** R. Simek, 1984, S. 286.

auf diesen Gott nehmen, in Küstennähe. Anders dagegen in Schweden: Hier tragen besonders Orte im Agrarland Mittelschwedens Anklänge an den Gott Njörðr. Denkbar wäre demnach also doch, dass man von einem Geschwisterpaar, bestehend aus Fruchtbarkeitsgöttin und Meeresgott, ausgehen muss.

Odin

Er hat viele Namen: Altnordisch heißt er Oðinn, angelsächsisch Woden, altfränkisch Wodan, althochdeutsch Wutan oder Wuotan. Er ist Göttervater, Dichtergott, Totengott, Kriegsgott, Gott der Magie, Gott der Runen und Gott der Ekstase. Er ist mit einem Wort: wichtig. Genau genommen ist Odin der wichtigste Gott der eddischen Mythologie. Und dementsprechend viele Geschichten, sogenannte Odinsmythen, erzählen von ihm.

Zuerst die familiären Angaben: Gemeinsam mit seinen Brüder Vili und Ve gehört Odin zu den ersten Göttern. Sie alle drei sind Söhne des Riesen Burr und der Riesin Bestla. Odin ist der Ehemann der Göttin Frigg, seine Söhne heißen Balder, Thor (den er gemeinsam mit Jörð gezeugt hat) und Vali (mit Rindr). Von diesen drei Kindern erzählen bereits die Skalden in ihren Texten. Snorri bereichert die Kinderschar noch ein wenig: Bei ihm gehören noch Heimdall, Týr, Bragi, Viðar und Höðr zu Odins Kindern, übrigens samt und sonders Söhne, der Göttervater zeugt offenbar keine Mädchen.

Um es mit den Worten Snorris zusammenzufassen: »Odin ist der vornehmste und älteste der Asen, er waltet aller Dinge, und obwohl auch andere Götter Macht haben, so dienen ihm doch alle wie Kinder ihrem Vater.« (Gylf. 20). Deshalb werde er auch Alföðr (Allvater) genannt.

Odin wohnt in Asgard, von seinem Thron Hliðskjálf aus überblickt er die ganze Welt. Seine Attribute sind der Speer Gungnir, der Ring Draupnir und das achtbeinige Pferd Sleipnir. Abgebildet wird Odin grundsätzlich als einäugiger Gott. Seine beiden Raben Huginn und Muninn fliegen über die ganze Welt, sind aber jeden Morgen zur Frühstückszeit wieder zurück und versorgen ihren Herrn mit den neusten Nachrichten. Weisheit erhält Odin aus Mimirs Quelle. Diese Weisheit hat aber ihren Preis: Um zum ersten Mal aus der Quelle trinken zu dürfen, musste er Mimir eines seiner Augen dalassen.

Genau wie die anderen Götter ist zwar auch Odin der Protagonist verschiedener mythologischer Abenteuer, allerdings wird er darin von Thor weit übertroffen. Bekannt ist vor allem Odins Selbstopfer, bei dem er sich neun Nächte kopfüber an die Weltesche Yggdrasill hängt, um in den Besitz der Runen und damit der Schrift zu gelangen. Daneben gibt es einen Wissenswettkampf mit dem Riesen Vafthrúðnir, bei dem Odin selbstverständlich siegt. Und es finden sich, durchaus in Analogie zum griechischen Göttervater Zeus, einige Liebesabenteuer des Gottes mit dieser und jener Frau oder Riesin. Mit denen brüstet er sich übrigens auch nach

Kräften vor Thor. Wenn der schon mehr Abenteuer besteht, hat er, Odin, eben mehr Frauengeschichten zu bieten.

Schon in der Skaldendichtung des 10. Jahrhunderts wird Odin als Schirmherr der Krieger und als Gott der in der Schlacht Gefallenen, der sogenannten Einherier bezeichnet. Von ihnen war ja an anderer Stelle schon einmal die Rede: Er lässt sie von den Walküren auf dem Schlachtfeld abholen und zu sich nach Walhall

Odin, auf dem Thron sitzend. Fund aus Gammel Lejre, Dänemark.

Zitat

Odins Verführungskunst

Zugegeben, Giacomo Casanova erzählt von seinen Vergnügungen in einem ... nennen wir es ... etwas gefälligeren Ton als Odin in diesem Auszug aus dem »Hárbarðljóð« der Lieder-Edda. Aber Casanova war auch Italiener, kein altnordischer Kriegergott.

Hier also nun Verführung auf Altnordisch:

Wir fochten und fällten die Feinde da,
Versuchten manches und freiten Mädchen.
...
Wir hatten zierliche Weiber, wären sie zahmer gewesen;
Wir hatten hübsche Weiber, wären sie uns holder gewesen;
Aber Stricke wanden sie am Strand aus Sand,
Gruben den Grund
Aus tiefem Tal.
Ich allein war allen überlegen mit List.
Lag bei sieben Schwestern und genoß im Spiel ihre Gunst.
...
Allerlei Liebeskünste übt' ich bei Nachtreiterinnen,
die ich mit List ihren Männern entlockte.
(»Hárbarðljóð« / »Harbars Lied«, 16–18)

bringen. Dort bietet er ihnen alles, was wahre Männer in der Vorstellung einer Kriegergesellschaft eben brauchen: Kampf und Met. So ganz uneigennützig beherbergt er die Helden allerdings nicht, denn später, bei den Ragnarök, sollen sie ihn im Kampf gegen die Feinde der Götter und Menschen unterstützen.

Odin ist eindeutig mehr ein Gott der Literatur als der tatsächlich praktizierten Religion. Zwar mag es einen Odinskult gegeben haben, wesentlich stärker als in der Religion der Wikingerzeit war Odin jedoch in den Sagen vertreten. Aus Island ist so gut wie gar nichts über eine Verehrung Odins überliefert, und in Kontinentalskandinavien finden sich nur einige wenige Ortsnamen, die auf einen Odinskult hinweisen.

Belegt ist dagegen Odins Funktion als Gott der Schlacht. In süd- und westgermanischen Quellen gilt er als der Gott, der den Sieg verleiht: »Godan« kann bei den Langobarden über das Schicksal in der Schlacht entscheiden, die Angelsachsen aus der Zeit vor der Christianisierung opferten vor der Schlacht »Uuoddan«. Ohnehin war es laut »Ynglingasaga« (Kap. 4) Odin, der mit dem Wanenkrieg überhaupt erst den Krieg in die Welt gebracht hat. Odin gilt zwar als Beschützer der Krieger, gleichzeitig ist aber auch er es, der immer wieder Krieg anzettelt.

Aber nicht nur ein Gott der Krieger ist Odin. Durch sein Runenopfer an der Weltesche Yggdrasill hat er sich auch zum unangefochtenen Herr über die Dichtkunst gekürt. Und da sich mit Runen auch vorbildlich verzaubern und verfluchen lässt, ist Odin außerdem der Gott der Magie.

Wodan id est furor, schreibt der Chronist Adam von Bremen, Wodan, das ist Wut. Und tatsächlich lässt sich das altnordische *oðr* mit »wütend« übersetzen, auch das neuhochdeutsche Wort »Wut« klingt in »Wodan« alias Odin an. Gemeint ist damit eine Art von ekstatischer Wut, womit Odin auch zum Gott der Ekstase wird. Hinter dieser Funktion vermutet die Wissenschaft übrigens einen schamanischen Ursprung.

Bis in die Neuzeit hat sich Odin auch im Volksglauben erhalten: Wenn im Herbst die Zeit der Stürme beginnt, bewegt sich Odin mit der »Wilden Jagd«, dem Heer der Verstorbenen, durch den Himmel. Auf Dänisch nennt man das die *Odins jagt*, auf Schwedisch ist es die *Odensjakt*. Im Nordischen spricht man auch von der *Asgardareid*.

Thor

Altnordisch heißt er Þórr, im Süden wird er Donar genannt, nach ihm ist bis heute unser »Donnerstag« benannt: Gemeint ist der Donnergott Thor, stärkster Gott der Asen, erklärter Gegner und Bekämpfer der Riesen.

Über keinen Gott der germanischen Mythologie wird mehr erzählt als über Thor. Wir erinnern uns: Sein Sohn Odin hat mehr Liebesaffären zu bieten, aber Thor definitiv mehr Abenteuer. Es sind so viele, dass die Forschung dafür den eigenen Begriff der »Thorsmythen« geprägt hat.

Zwar kein »germanischer« Mahr, aber doch ein ziemlich scheußliches Wesen. Gemälde von Johann Heinrich Füssli aus dem Jahr 1802.

Kein altnordischer Mythos: die heutige Kirche von Alt-Uppsala.

Das letzte historische Denkmal seiner Art in Island: Snorris Bad in Reykholt.

Der Runenstein von Rök,
Südschweden,
9. Jahrhundert.

Ein Runenstein im Ortszentrum von Frövi in der schwedischen Region Västmanland. Möglicherweise deutet der Ortsname Frövi auf die Verehrung der Göttin Freyja hin.

In Norwegen haben es die Trolle sogar zu einem eigenen Verkehrszeichen gebracht, so wie hier bei der Trollstigen.

Die wahrscheinlich berühmteste Straßenverengung Islands: der Elfenhügel in Kópavogur.

Vielleicht die Insel der Nerthus: Tysnesøy
im norwegischen Hardangerfjord.

Erzählung

Der Skaldenmet

Das Getränk Met ist hinlänglich bekannt: Es ist ein süßer Honigwein, den unter anderem die gefallenen Krieger in Walhall zu trinken bekommen.

Viel besser als gewöhnlicher Met aber ist Skaldenmet, ein Wein, der demjenigen, der von ihm trinkt, die Gabe der Dichtkunst verleiht. Allerdings, ob viel besser oder eher viel ekelhafter, das kommt vermutlich auf den Standpunkt des Trinkenden an. Denn Skaldenmet ist aus dem Blut des weisen Kvasir geschaffen. Zur Erinnerung: Nach dem Wanenkrieg spucken Asen und Wanen gemeinsam in ein Gefäß, und aus dem Speichel erschaffen sie Kvasir. Diese Zeugungsvariante ist schon für sich genommen nicht besonders appetitlich. Aber es geht noch weiter: Denn die Zwerge Fjalarr und Galarr ermorden Kvasir, fangen sein Blut in einem Kessel auf, dieses Blut vermischen sie nun mit Honig – womit auch der Skaldenmet seinen Honiganteil erhält –, und aus Blut und Honig brauen sie nun ihre Sonderanfertigung, den Skaldenmet, den sie auf drei Gefäße verteilen. Durch weitere Morde und ein paar andere unerfreuliche Zwischenfälle gerät der Met schließlich in den Besitz des Riesen Suttungr und seiner Tochter Gunnlöð.

Und nun kommt Odin ins Spiel. Denn der möchte den Met gerne haben. Er trifft zunächst einmal auf neun Knechte des Riesen Baugi, die gerade beim Mähen sind, und bringt sie dazu, sich gegenseitig zu ermorden. Danach verdingt er sich selbst unter neuem Namen als Mäher bei Baugi. Einen ganzen Sommer lang erledigt er unerkannt die Arbeit von neun anderen Mähern. Dieser Schritt ist notwendig, denn nur mit Baugis Hilfe kann er überhaupt in die Nähe Suttungrs und damit des begehrten Skaldenmets gelangen. Aber der Riese Baugi, der Odin als Lohn einen Schluck Met versprochen hatte, hat die Rechnung ohne seinen Kollegen Suttungr gemacht. Denn als er am Ende des Sommers mit dem Inkognito-Odin zu Suttungr kommt, weigert der sich schlicht, auch nur das kleinste bisschen seines Mets abzugeben. Odin muss also zu einem Trick greifen: Als Erstes bittet er Baugi, ein Loch in den Berg zu bohren, der zu Suttungr führt, dann verwandelt er sich in eine Schlange und klettert in neuer Identität durch den Berg zur Riesentochter Gunnlöð. Er verbringt drei Nächte bei ihr, danach darf er als Dank für seine nächtlichen Gefälligkeiten drei Mal von dem Met trinken. Aber Odin nutzt die Gastfreundschaft der Riesentochter etwas über Gebühr aus: Er trinkt schlicht den gesamten Met! Danach folgt die dritte Verwandlung, dieses Mal in einen Adler, und als solcher fliegt Odin zurück nach Asgard. Dort angekommen spuckt er – ja, die Geschichte bleibt unappetitlich – den Met wieder aus, die anderen Götter hatten ihm bereits Schüsseln vorbereitet.

Allerdings war es vorher auf der Flucht nach Asgard zu einer kleineren Panne gekommen: Denn der Riese Suttungr hatte Odin und Met nicht einfach widerspruchslos wegfliegen lassen, sondern sich kurzerhand selbst in einen Adler verwandelt und die Verfolgung aufgenommen. Den Met konnte er zwar nicht zurückbekommen, aber Odin hatte bei der Verfolgungsjagd aus Versehen ein paar Tropfen des Mets fallen gelassen. Das ist niemandem wirklich aufgefallen, und so sind diese wenigen Tropfen Skaldenmet nun zur freien Entnahme für jeden, der sie haben möchte. – Ob das nun ein besonderer Gewinn für die Literatur ist, bleibt dahingestellt. Man spricht nämlich bei diesem Rest von »der schlechten Dichter Teil«. (Nachzulesen in der Prosa-Edda, »Skáldskaparmál«, 1.*)

* In der Ausgabe der Snorra-Edda, hrsg. v. W. Hansen, 2013, findet sich diese Episode im Abschnitt „Bragarœður", S. 62ff.

Thor ist der Sohn des Gottes Odin und der Riesin Jörð, er ist verheiratet mit Sif, mit ihr hat er die Tochter Thrúðr. Die beiden Söhne Moði und Magni stammen dagegen aus einer Affäre mit der schönen Riesin Jarnsaxa. Wie man sieht, macht die alte Feindschaft mit den Riesen bei der Erotik eine Ausnahme. Thors Reich in Asgard heißt Thruðheimr, sein Palast Bilkírnir umfasst nicht weniger als 540 Säle und ist damit der größte, den Asgard zu bieten hat. Thor besitzt einen Wagen, der von zwei Böcken gezogen wird, was ihm den Namen »Herr der Ziegen«, aber auch den des »Wagen-Gottes« eingetragen hat. Des Weiteren gehören ein Eisenhandschuh und ein Kraftgürtel in seinen Besitz, außerdem der Stab Griðarvölr, allesamt Attribute, die seine Stärke zum Ausdruck bringen sollen. Am wichtigsten aber ist

Der Riese Baugi bohrt das Loch in den Berg, hinter ihm wartet Odin auf den freigelegten Weg zum Skaldenmet. Aus einer isländischen Handschrift des 18. Jahrhunderts.

der bereits mehrfach erwähnte Hammer Mjöllnir, der nach jedem Wurf automatisch zu seinem Besitzer zurückkehrt. Mit ihm kann er Schrecken unter seinen erklärten Hauptfeinden, den Riesen, verbreiten, wo und wann immer er will.

Und noch etwas zeichnet Thor aus. Er ist neben seiner goldhaarigen Frau Sif der einzige Gott, bei dem man eine klare Vorstellung von der Farbe seines Bartes hat: Der ist eindeutig rot! Außerdem gilt Thor als guter oder eher: als unmäßiger Esser und Trinker.

Thor verteidigt Götter und Menschen gegen die bedrohlichen Mächte aus Utgard, und das sind in erster Linie die Riesen und die Midgardschlange. Sie bilden dementsprechend auch den Gegenstand der Thorsmythen (zu Thors Kämpfen gegen die Midgardschlange siehe den Abschnitt über die Feinde der Menschen). Auf Thors Konto geht der Tod des Riesen Thrymr, er erschlägt die Riesentöchter Gjálp und Greip sowie deren Vater Geirdöðr, Thjazi hat gegen Thor keine Chance und auch nicht der Riesenbaumeister, der das Götterreich Asgard erbaut. Und das sind noch längst nicht alle Riesen, die Thor im Laufe seines langen Wirkens zur Strecke bringt.

Zentraler Bestandteil der meisten dieser Auseinandersetzungen ist immer wieder besagter Hammer Mjöllnir, ohne ihn ist Thor ziemlich aufgeschmissen, mit seiner Hilfe aber besiegt er so gut wie jeden. Zwei Episoden sind überliefert, in denen das gute Stück fehlt: Einmal hilft ihm eine Riesin mit einem Stab aus der Patsche, ein anderes Mal allerdings ist die Sache noch fieser, da nämlich wird der Hammer zur Diebesbeute. Zurück gibt's ihn nur, wenn der Dieb, der Riese Thrymr, im Gegenzug die Göttin Freyja zur Frau bekommt (zu dieser Episode siehe S. 43).

Begleitet wird Thor auf seinen Feldzügen in Sachen Riesen-Ermorden meist von Loki. Der Listige hilft hier dem Starken, aber Einfältigen – eine Rollenverteilung, wie sie nicht untypisch ist für schwankhafte Literatur, zu der auch einige der Thorsmythen gezählt werden können.

Was die Verehrung betrifft, so sind beide Götter, Odin und sein Sohn Thor, für die Krieger zuständig. Im Laufe der Jahrhunderte hat jedoch eine Entwicklung eingesetzt, nach der Odin eher der Gott der Krieger- und Wikingerbünde ist, Thor dagegen vom Volk und von den Bauern um Unterstützung im Kampf angerufen wird.

Anders als bei Odin finden sich etliche Zeugnisse für einen Thorskult bei den isländischen Siedlern des 9. und 10. Jahrhunderts. Die Siedler, die ja zu einem

Erzählung

Thors Pannenserie

Thor ist der Größte, Stärkste, Mutigste und überhaupt nach Odin die unangefochtene Autorität unter den Göttern. Aber auch der Beste kann mal einen weniger guten Tag haben, und wie solch eine Misserfolgsserie bei Thor aussieht, davon erzählt Snorri sehr anschaulich in den »Gylfaginning«:

Alles fängt damit an, dass sich Thor in Begleitung von Loki und den Bauernkindern Thjálfi und Röskva auf den Weg macht ins Reich der Riesen, nach Jötunheim. Aber weil die Reise ein wenig länger dauert, müssen sie zwischendurch übernachten und finden eine große Höhle. Sie legen sich ganz in die Nähe des Eingangs. Aber lange währt die Nachtruhe nicht, dann werden sie von einem gewaltigen Erdbeben geweckt. Sie ziehen sich weiter zurück ins Innere der Höhle und finden schließlich einen Nebenraum, in dem es ruhig ist.

Am nächsten Morgen sehen sie in der Nähe ihrer Unterkunft einen Riesen liegen. Sie hätten, erklärt er ihnen, die Nacht in seinem Handschuh verbracht, der Nebenraum sei der Daumen des Handschuhs gewesen. Aber Skrýmir, so nennt sich der Riese, erweist sich als ausgesprochen freundlich. Das mit dem Handschuh nimmt er nicht weiter übel, er bietet sich sogar an, sie zu begleiten und alle ihre Reisevorräte für sie zu schleppen. Dann wird es Nacht. Skrýmir erklärt, er wolle sich schon schlafen legen, die anderen sollten sich doch bitte ihren Proviant aus dem Rucksack nehmen und ohne ihn zu Abend essen.

Aber der verdammte Rucksack geht nicht auf! Nun neigt Thor, wie bereits erwähnt, etwas zum Jähzorn, und so ein störrischer Rucksack kann schon ziemlich ärgerlich sein. Thor nimmt also seinen Hammer und will den Riesen erschlagen, immerhin hatte der den Rucksack auch zugeschnürt. Aber der Riese wacht auf, streckt sich ein bisschen und fragt Thor, ob da vielleicht gerade ein Blatt auf seinen Kopf gefallen sei. Thor ist fassungslos. Normalerweise erlegen er und sein Hammer Mjöllnir solch einen Riesen problemlos.

Aber auch zwei weitere Versuche schlagen fehl. Beim zweiten Mal hält der Riese Thors Schlag für eine Eichel, beim dritten Mal sogar nur für Vogeldreck.

Am nächsten Morgen trennen sich Thor und seine Reisetruppe von Skrýmir, und Thor wandert weiter nach Utgard.

Dort angekommen geht das Theater gleich weiter: Thor bekommt das Gitter des Burgtors nicht auf, so dass sie sich durch die Stäbe quetschen müssen. Der König Utgards, der Gott Utgardloki, ist auch nicht gerade begeistert über Thors Besuch, er nennt ihn allen Ernstes einen »kleinen Burschen«, alles in allem kein besonders guter Anfang. Und dann stellt Utgardloki gleich seine Bedingungen: Hier in Utgard nämlich würden sie niemanden dulden, der nicht irgendetwas besser könne als andere.

Und weiter geht die Misserfolgsserie: Loki wird vom Gott Logi im Wettessen geschlagen, Thjálfi vom Riesen Hugi im Wettlauf – und Thor versagt gleich bei allen drei Prüfungen: Er kann Utgardlokis dämliches Trinkhorn nicht einmal in drei Zügen leeren, obwohl seinem Gastgeber zufolge selbst die größte Niete das spätestens in zwei Zügen schafft. Die Katze Utgardlokis kann er nur so weit hochheben, dass gerade einmal ein Bein in der Luft schwebt, und den Ringkampf mit der alten Amme Elli verliert er auch.

Macht nichts, meint Utgardloki schließlich, es ist eben nicht jeder so gut wie die Bewohner von Utgard, und jetzt würden sie erst einmal alle schlafen gehen.

Am Morgen gibt's noch ein ordentliches Frühstück, dann begleitet Utgardloki seine Gäste nach draußen. Als guter Gastgeber fragt er Thor noch, ob er mit seiner Reise denn zufrieden sei. Aber Thor wirkt doch eher etwas frustriert, und so gesteht Utgardloki nun das ganze Ausmaß seines Betrugs: Der Riese Skýmir sei kein anderer gewesen als er selbst. Der Rucksack, der Beginn aller Ärgernisse, sei mit Eisendraht verschnürt gewesen und die drei Hammerschläge, mit denen Thor versucht hatte, den Riesen zu erschlagen, hätten überhaupt nicht seinen Kopf getroffen, sondern nur drei Hügel. In denen hätten sie aber immerhin tiefe Täler hinterlassen. Zauberei also. Und in Utgard ging der Betrug gleich weiter: Loki sei nämlich nicht von einem Gott besiegt worden, sondern vom Wildfeuer höchstpersönlich, und der Riese Hugi, der so erstaunlich schnell laufen konnte, war nichts anderes als Utgardlokis Person gewordener Gedanke. Das Horn, das Thor vergeblich zu leeren versucht hatte, hing mit dem anderen Ende im Meer, so dass es immer von Neuem gefüllt wurde. Wenn aber Thor jetzt zum Meer ginge, würde er sehen können, dass dort nun Ebbe herrsche. Tatsächlich. Und die Katze, die Thor kaum anheben konnte, sei die Midgardschlange selbst gewesen. Aber auch da habe Thor einiges geleistet, findet der Gott aus Utgard, denn Thor habe die Katze doch bis fast zum Himmel hochgehoben. Die Katze alias Schlange sei eben eine verdammt große Katze bzw. Schlange. Und die Amme Elli war in Wahrheit das personifizierte Alter, gegen das bekanntlich niemand ankäme.

Und nun, findet Utgardloki, solle es gut sein, Thor ginge jetzt am besten wieder nach Hause. Und damit das ein für alle Mal geklärt ist: Ab sofort ist Utgard für Thor und seinesgleichen tabu!

Doch so einfach lässt sich Thor nicht abspeisen: Er holt seinen berühmten Hammer, schwingt ihn und – trifft niemanden. Denn Utgardloki hat sich mitsamt seiner Burg in Luft aufgelöst.

Fazit: Misserfolg auf ganzer Linie!

großen Teil aus Norwegen stammen und von dort auch ihren Thorsglauben mitgebracht haben, vertrauten diesem Gott der Stärke, dass er ihnen helfen würde, ihre neuen Höfe zu sichern. Sowohl in Island als auch in Norwegen soll es Tempel gegeben haben, in denen Standbilder Thors verehrt wurden. Verbreitet war auch das Tragen von Anhängern mit metallenen Thorshammer-Amuletten. Man hat Thor auch geopfert, allerdings waren das wahrscheinlich keine Menschenopfer,

Info

Thor und seine viele Namen

Auf Altnordisch ist er Þorr oder Þunarr, westgermanisch heißt er Þonar, althochdeutsch Donar. Die Angelsachsen nennen ihn Þunor. All das bedeutet aber nicht, wie häufig angenommen, »Donnerer«, sondern schlicht »Donner«, kennzeichnet Thor aber dennoch als den »Donnergott«.

wie in einigen Quellen behauptet wird, als vielmehr Böcke. Auch Weiheinschriften auf Runen finden sich zu Thor.

Thors Hammer ist gleichzeitig Symbol des Blitzes sowie der Fruchtbarkeit. Damit nimmt er die Rolle eines Gottes über Blitz und Donner und sogleich über Wind und Regen ein. So ist er neben seiner Funktion als Kriegsgott auch ein Gott der Vegetation und des Wetters.

(Siehe Bildtafeln nach S. 32 [Bronzestatue aus dem isländischen Nationalmuseum; Thor mit Hammer, Ölgemälde von 1872; Runenstein von Altuna].)

Wesen der niederen Mythologie

Neben Göttern und Riesen gibt es noch einige andere Wesen in der Welt der nordischen Mythologie. Man könnte sie als »Fabelwesen« bezeichnen, wissenschaftlich werden sie unter dem Begriff der »niederen Mythologie« gefasst – in Abgrenzung zur »hohen Mythologie«, zu der ausschließlich die Götter gezählt werden. Zum Teil haben sie sich bis in die spätere Welt der Sagen und Märchen erhalten, und einige von ihnen leben, in friedlicher Koexistenz zum Christentum, auch im heutigen skandinavischen Volksglauben noch weiter.

Alben

Altnordisch heißen sie *álfr*, althochdeutsch *alb*, altenglisch *ælf* oder *ælfen*, im Mittelhochdeutschen sind es die *elbinne* (die »Elfen«). Aber was genau sind Alben? Sie sind mit einem Wort: vieles. Alben sind Fabelwesen. Das zumindest lässt sich über alle Alben als Kollektiv sagen. Davon einmal abgesehen, sind sie aber eine völlig inhomogene Gruppe mal wohlwollender, mal schädlicher Wesen. Ihren Ursprung nehmen sie in der nordischen Mythologie, anders als die Götter und Riesen des germanischen Kosmos haben sich die Alben aber bis in die spätere Sagenwelt hinein erhalten.

In der Ahnengalerie des norwegischen Königs Harald Schönhaar (Harald Hårfagre, ca. 852–933 n. Chr.) finden sich etliche Männer, in deren Name die Alben verewigt wurden, wie etwa bei Álfr, Álfgeirr, Gandálfr, Álfhild.

In der Lieder- und der Prosa-Edda werden die Alben zum Teil gemeinsam mit den Asen erwähnt. Häufig findet sich aber auch eine Hierarchie in absteigender Reihenfolge aus Asen, Alben und Zwergen. Snorri Sturluson, der bekanntlich darum bemüht war, den germanischen Kosmos so gut wie möglich zu strukturieren, unterscheidet zwischen Lichtalben (altnord. Ljósálfar), Dunkelalben (altnord. Dökkálfar) und Schwarzalben (altnord. Svartálfar). Er setzt dabei außerdem die Zwerge mit den Schwarzalben identisch. Ganz willkürlich ist diese Gleichsetzung nicht, denn in vielen Zwergennamen wie etwa Álfr, Gandálfr oder Vindálfr ist das Wort für Alben, eben *álfr*, enthalten. Insgesamt ist die Einteilung bei Snorri eine relativ einfache Sache: Die einen wohnen in Asgard und sind schön, die anderen wohnen irgendwo weit unten und sind hässlich.

> So ist eine Wohnung, die Alfheim heißt. Da haust das Volk, das man Lichtalfen nennt; aber die Schwarzalfen wohnen unten in der Erde und sind jenen ungleich von Angesicht und noch viel ungleicher in ihren Verrichtungen. Die Lichtalfen sind schöner als die Sonne von Angesicht, aber die Schwarzalfen schwärzer als Pech. (Gylf. 17)

Hinter Snorris Systematisierung in Lichtalben, die der Götterwelt angehören, und Schwarzalben, die in der Erde hausen, vermutet man heute den Einfluss des Christentums mit seinem Dualismus aus Engeln und Teufeln.

Möglicherweise gab es sogar einen eigenen Albenkult: Drei Mal wird in der Literatur von einem sogenannten álfablot, einem »Opfer an die Alben« berichtet. So erzählt etwa der Skalde Sigvatr Þórðarson von einer Reise nach Schweden im Jahr 1018. Er sei damals an mehreren Höfen abgewiesen worden, weil dort gerade das álfablot abgehalten wurde.

Genaues Wissen über einen tatsächlichen Albenkult haben wir zwar nicht, im Gegensatz zu anderen Fabelwesen wie etwa Zwergen ist er bei den Alben aber nicht völlig auszuschließen.

Im altenglischen *ylfa gescot* steckt der »Albschuss«, also unser heutiger »Hexenschuss«. Und damit eine der dämonischen Seiten der Alben. Auch der »Albtraum« zeigt die unfreundliche Seite der Alben.

Info

Islands Elfenbeauftragte

Er geisterte eine Weile durch alle Zeitungen und galt als besonderes Kuriosum, wie man es den Isländern offenbar ohne weiteres zutraute: der Mythos von Islands Elfenbeauftragter.

Zugegeben, ein bisschen eigenwillig ist das Ganze schon: Denn bevor auf Island ein Bauvorhaben genehmigt wird, muss geprüft werden, ob dadurch vielleicht Kulturgut beschädigt wird. Und zu diesen Kulturgütern zählen auch Geländeformationen wie große Steine oder Felsen, die in der isländischen Folklore als »von Elfen bewohnt« angesehen werden. Hat nun also in einer Gesteinsformation einem Märchen zufolge eine Elfe oder ein Troll seinen angestammten Platz, wird ein externes Gutachten von einer Person eingeholt, die als elfenkundig betrachtet wird. Und zu diesem Personenkreis gehörte auch Erla Stefánsdóttir (1935–2015), die nach eigenen Angaben hellsichtig war. Sie wurde – von der Stadt Reykjavík, von Bauämtern anderer Städte und von Privatpersonen – hin und wieder mit der Erstellung solcher Gutachten beauftragt. Hauptberuflich war sie allerdings nicht als Gutachterin in Sachen Elfen, sondern als Klavierlehrerin tätig.

Eine offizielle »Elfenbeauftragte« gibt es aber auch auf Island nicht – diesen Begriff prägte im Jahr 1995 der Autor Wolfgang Müller in einem Beitrag in der »Frankfurter Rundschau«. Und erst recht gibt es keine »Elfenministerin«, zu der die elfenkundige Klavierlehrerin im Laufe mehrerer – nicht isländischer – Medienberichte ernannt wurde.

Eine gewisse Autorität scheinen Elfenkundige auf Island aber durchaus zu haben. Denn wenn einmal bestätigt wurde, dass in einem Stein oder Felsen eine Elfe ihren Wohnsitz hat, dann wird der nicht abgetragen, sondern man baut darum herum! Einmal, weil es der Elfe gegenüber höflich ist, zum anderen aber auch, um sie nicht zu verärgern.

Der wohl bekannteste Fall einer Straßenverengung wegen Elfenvorkommen ist der *Álfholsvegur* (»Elfenhügelweg«) zwischen Reykjavík und Kópavogur (siehe Bildtafel nach S. 96 [Straße in Kópavogur]). Dort findet sich vor dem Haus Nr. 125 eine Straßenverengung, weil ein »Elfenfelsen« in die Fahrbahn hineinragt. Ein weiteres Beispiel findet man in der Stadt Grundarfjörður: Zwischen den Häusern Nr. 82 und Nr. 86 der Hauptstraße liegt ein großer Elfenfelsen, der den Raum der Hausnummer 84 einnimmt.

Erla Stefánsdóttir hat ihr Wissen sogar auf faltbaren »Elfenkarten« hinterlassen, in denen genau verzeichnet ist, wo Elfen, Gnome oder Zwerge ihr Zuhause haben. Und auch zwei Bücher mit ihrem gesammelten Wissen zu Elfen und Gnomen gibt es mittlerweile in deutscher Übersetzung (siehe hierzu die Literaturliste im Anhang).

Diese Karten und überhaupt der ganze Elfenkult sind zwar manchen Isländern inzwischen eher peinlich. Aber einen gewissen Marketingwert haben sie durchaus. Und bei immerhin 60 Prozent der Isländer hält sich der Glaube an das »Hulduvólk«, das »verborgene Volk«, tatsächlich bis heute. Immerhin 30 Prozent halten die Existenz von Elfen und Gnomen für möglich.

Zwerge

Sie sind meist klein und gelten als kunstfertig: die Zwerge der altgermanischen Mythologie. Altnordisch heißen sie *dvergr*. In der Systematisierung Snorris bilden sie eine Untergruppe der Alben, nämlich die der »Schwarzalben«. Damit stehen die Zwerge in der Hierarchie nordgermanischer mythologischer Wesen ziemlich weit unten. Zuerst einmal kommen die Asen, dann die Alben und dann die Schwarzalben alias Zwerge. Anders als bei Göttern und Alben gibt es mit den Zwergen allerdings wenig Berührungsängste. Sie gelten vielmehr als hilfreiche Wesen, mit denen auch Menschen wie mit ihresgleichen umgehen können.

Zwerge bleiben meist unter sich, wohnen unter den Bergen, in Felsen und Höhlen, und um sie zu fangen, muss man ihnen auflauern. Ihren Ursprung nehmen die Zwerge zwar in der nordgermanischen Mythologie, sie leben aber im Volksglauben lange weiter bis hin in unsere Märchen. Man denke etwa an die Geschichte von »Schneewittchen«, die bei den Zwergen Zuflucht findet. Im Volksglauben sind sie auch als Bergleute und Bewacher von Schätzen anzutreffen. Schön sind sie nicht, dafür haben sie jedoch magische Kräfte.

Vor allem aber sind die Zwerge handwerklich geschickt. Genau genommen gibt es in der gesamten nordischen Mythologie kaum ein Kleinod der Götter, das nicht die Zwerge angefertigt hätten: Thors Hammer Mjöllnir stammt von Sindri und Brokkr. Die beiden scheinen ohnehin ziemlich gefragt zu sein bei den Göttern. Denn sie zeichnen auch noch für Heimdalls Ring Draupnir verantwortlich, außerdem für das goldene Haar der Göttin Sif, für Odins Speer Gungnir und für Freyrs Schiff Skiðblaðnir. Und sie haben den Eber Gullinborsti geschaffen. Oder wohl eher dessen goldene Borsten ... Sindris Sippe bewohnt übrigens einen eigenen, goldenen Saal, gelegen in Niðavellir (= das dunkle Gefilde) im Norden. Und um etwas vorzugreifen: Hier, in diesem goldenen Saal, sollen Snorri Sturluson zufolge nach dem Weltenbrand Ragnarök die guten und tugendhaften Menschen wohnen.

Gleich vier Zwerge, nämlich Alfrigg, Dwalinn, Berlingr und Grerr, schmieden das kostbare Halsband Brísingamen der Göttin Freyja. Und nicht zuletzt ist es den Zwergen zu verdanken, dass der Fenriswolf zumindest einmal bis zu den Ragnarök keinen größeren Schaden anrichten kann (zum Fenriswolf siehe S. 128). Allerdings gelingt es den Zwergen erst im dritten Versuch, Ketten anzufertigen, die stark genug sind, um dem Wolf standzuhalten. Sowohl Fessel Nr. 1, Lœðding, als auch Fessel Nr. 2, Drómi, versagen kläglich. Erst Gleipnir, die dritte Fessel, erweist sich als widerstandsfähig genug.

Ein Zwerg in der Vorstellung von Lorenz Frølich, 1895.

Als talentierte Brauer erweisen sich die Zwerge Fjalarr und Galarr, die den – zugegebenermaßen etwas unappetitlichen – Skaldenmet aus dem Blut des getöteten Kvasir und etwas beigemengtem Honig herstellen. Eins aber gilt für alle Zwerge: Sie fertigen grundsätzlich nichts für Riesen an und stehen damit eindeutig auf Seiten von Asen und Menschen.

Aber nicht nur als kunsthandwerklich sehr begabt gelten Zwerge, sie haben darüber hinaus den Ruf, ausgesprochen klug zu sein, was sich in Namen wie Alwíss (= allwissend), Fjölsviðr (= der sehr Weise) oder Ráðsviðr (= der kluge Ratgeber) widerspiegelt. Überhaupt die Namen ... Ungefähr hundert kommen zusammen, wenn man alle altnordischen Quellen zusammennimmt. Allein das Edda-Lied »Völuspa« (»Der Seherin Weissagung«) listet eine beachtliche Anzahl auf. Als kleiner Eindruck:

> Nyi und Nidi, Nordi und Sudri,
> Austri und Westri, Althiofr, Dwalin,
> Nar und Nain, Nipingr, Dain,
> Biwör, Bawör, Bömbur, Nori,
> Ann und Anarr, Ali, Miödwitnir.
> (Vsp. 11)

Das geht noch einige Strophen so weiter. Anders als etwa die Alben sind in der altnordischen Mythologie viele Zwerge mit – meist sprechenden – Namen versehen.*

Über die Herkunft der Zwerge gibt es unterschiedliche Angaben: Nach der Lieder-Edda sollen sie aus dem Blut des Riesen Brimir und den Knochen des Riesen Bláinn erschaffen worden sein (Vsp. 9 und 10). Snorris Entstehungsmythos weicht zwar etwas von dieser Variante ab, ist aber nicht unbedingt hübscher: Bei ihm sind sie Maden im Fleisch des Urriesen Ymir, die von den Göttern mit Verstand ausgestattet wurden (Gylf. 14).

Von Seiten der Wissenschaft wird der Ursprung der Zwerge am ehesten in Natur-, noch eher aber in Totengeistern gesehen. Zu den Naturgeistern zählen zwar in erster Linie die Alben, aber auch die Zwerge lassen sich in diese Gruppe einordnen. Was wiederum auf eine Überlagerung beider Vorstellungen schließen lässt.

Aus sprachgeschichtlicher Sicht käme unter anderem auch das indogermanische *dreugh* infrage, die sprachliche Wurzel unseres heutigen »Traumes«. Womit die Zwerge weiter nichts als »Trugbilder« wären.

---

* Die gesamte Liste mit Zwergennamen erstreckt sich über die Verse 10 bis 16 der »Völuspa«.

Erzählung

Klugheit gewinnt nicht immer

Zwerge sind Göttern und Menschen nützlich. Allerdings sollten sie wissen, wo ihr Platz im Ranggefüge ist. Einer, der das offenbar nicht weiß, ist der Zwerg Alvíss, und das trotz seines sprechenden Namens: »der alles Wissende«. Er erscheint nämlich eines Tages bei dem ziemlich überraschten Thor und erklärt ihm, er habe sich mit dessen Tochter verlobt und gedenke nun, sie zu heiraten.

Das allerdings sieht Thor ganz anders:

> ... die Braut hat der Vater
> Allein zu gewähren Gewalt.
> Ich war nicht daheim, da sie dir verheißen ward;
> Kein anderer gib' sie der Götter.

Vielleicht ist es die Dreistigkeit, mit der Alvíss auf seinem Wunsch beharrt, zumindest lässt Thor sich auf einen Handel ein: Wenn sein potentieller Schwiegersohn ihm eine Reihe von Fragen »aus allen Welten« beantworten könne, dann ließe sich über eine Ehe seiner Tochter mit Alvíss nachdenken. Der Zwerg willigt ein, und nun entspinnt sich ein Frage-und-Antwort-Spiel, bei dem Thor nach den Bezeichnungen für Erde, Himmel, Mond, Sonne, Wolken, Wind, Flaute, Feuer, Meer, Wald, Nacht, Getreide und Bier fragt. In der jeweils darauf folgenden Strophe gibt ihm der Zwerg die Antwort, und zwar für die Bereiche der Menschen, der Asen, der Wanen, der Riesen, der Zwerge und der Alben.

Aber Thor, der sich ja normalerweise eher dadurch auszeichnet, dass er Gegner in Auseinandersetzungen mit seinem Hammer überzeugt, siegt dieses Mal durch Raffinesse über den Zwerg. Denn der weiß zwar auf jede Frage die Antwort, was ihm Thor auch neidlos zugesteht, aber er ist ein Nachtzwerg. Und das heißt auch, dass kein Sonnenstrahl auf ihn fallen darf. Und nun ...

Aus einer Brust alter Kunden
Vernahm ich nie so viel.
Mit schlauen Listen verlorst du die Wette,
Der Tag verzaubert dich, Zwerg:
Die Sonne scheint in den Saal.

Alvíss hat sich durch das Fragespiel derart ablenken lassen, dass er den Anbruch des Tages nicht bemerkt hat – und wird zu Stein.

(Nachzulesen ist die Episode im »Alvísmál« der Lieder-Edda.)

Nornen

Die drei Nornen beim Urdbrunnen am Fuß der Weltesche Yggdrasill wurden bereits in einem der vorangegangenen Abschnitte skizziert. Um diesen Eindruck zu vervollständigen, sei hier noch kurz auf diese Wesen der Mythologie eingegangen:

Im altnordischen Plural heißen sie *nornar*, es sind die Schicksalsfrauen der nordischen Mythologie. Die bekanntesten von ihnen sind Urd, Verdandi und Skuld (vergleiche dazu S. 53).

Die Nornen kommen aber auch zu jedem neugeborenen Kind, um sein Leben und dessen Dauer zu bestimmen. So heißt es etwa in den Heldenliedern der Lieder-Edda über Helgi den Hundingstöter:

Nacht in der Burg war's, Nornen kamen,
Die dem Erdling das Alter bestimmten.
Sie geboten dem König, der Kühnste zu werden,
Aller Fürsten edelster zu dünken.*

* Lieder-Edda, Heldenlieder, »Das erste Lied von Helgi dem Hundingstöter«, zitiert nach der Ausgabe von Manfred Stange (Hrsg.), 2013, S. 152.

Einige Nornen sind göttlicher Herkunft, manche stammen aber auch von den Alben ab und wieder andere kommen aus der Gruppe der Zwerge. Außerdem gibt es gute und böse Nornen. Mit den Worten Snorri Sturlusons:

> Die guten Nornen und die von guter Herkunft sind, schaffen Glück. Geraten einige Menschen ins Unglück, so sind daran die bösen Nornen Schuld. (Gylf. 15)

In der Wissenschaft wird immer wieder auf die Analogie zu den Moirai der griechischen und den Parzen der römischen Mythologie hingewiesen, von denen sicher auch der Dichter der Prosa-Edda beeinflusst gewesen sein dürfte.

Walküren

Die erste Bayreuther Brunhilde.

Man kennt sie heute vorwiegend aus Richard Wagners »Ring des Nibelungen«, die Walküren. Immerhin wurde der erste Tag der Tetralogie (nicht der erste Abend, das wäre das »Rheingold«, diese Oper gilt aber als »Vorabend«) direkt als »Die Walküre« betitelt. Bei ihm sind mit den Walküren neun Schwestern gemeint, alles Töchter Wodans mit unterschiedlichen Frauen. Die Wichtigste von ihnen ist Brunhilde, die Titelheldin der Oper.

Aber das ist Wagner, und zu einem gewissen Grad hat er mit seiner Oper auch unser heutiges Bild von Walküren geprägt.

Deshalb also hier die Darstellung der Walküren im altnordischen »Original«: Da sind es nämlich ursprünglich einmal Totendämonen gewesen, denen die auf dem Schlachtfeld gefallenen Krieger zufielen. Der altnordische Plural des Wortes lautet *valkyrjar*, darin enthalten sind die Bestandteile *valr* (= die auf dem Schlachtfeld liegenden Leichen) und *kjósa* (= wählen). Also zusammengesetzt: die die Gefallenen Auswählenden.

Dann allerdings setzt in der Mythologie eine Umbewertung ein: Walhall als Odins Halle wird zu einer Art Paradies für die gefallenen Krieger. Und aus den Walküren werden »Schildmädchen«, junge Frauen, die die Einherier in diesen Kriegerhimmel führen. Die ehemaligen Totendämonen heißen nun Òðins meyar, Odins Mädchen, oder óskmeyjar, Wunschmädchen, Mädchen, die Odins Wünsche erfüllen.

Odins Mädchen sind nun sehr menschlich, kein bisschen dämonisch mehr, und sie sind auch vor menschlichen Schwächen nicht geschützt. So verliebt sich die Walküre Sigrdrífa der Lieder-Edda, die in der Prosa-Edda auch als Brynhildr auftaucht. Mit Brynhildrs Geschichte greifen wir etwas über in den Bereich der Heldensagen: Sie lebt auf einer von Feuer umgebenen Burg und gelobt, nur den Mann zu heiraten, der diesen Feuerwall durchdringen kann. Sigurd tut dies für Gunnar und noch dazu in Gunnars Gestalt. Als Brynhildr, inzwischen mit Gunnar verheiratet, den Betrug entdeckt, stiftet sie die Brüder Gudruns zum Mord an Sigurd an. Nach Sigurds Tod stürzt sie sich selbst ins Schwert und lässt sich auf dem Scheiterhaufen verbrennen. Sie glaubt, nun im Tod mit Sigurd vereint zu sein (nachzulesen im »Skaldsparmal« 62).

Falls jemandem Teile der Geschichte vertraut vorkommen: Im bekanntesten mittelhochdeutschen Heldenepos, dem »Nibelungenlied«, wird diese Geschichte in Variation erzählt: Brunhild ist hier Gunthers Frau, der Mann, der sie an Gunthers Stelle unter dem Schutz der Tarnkappe bezwingt – man könnte auch weniger heldenhaft sagen: vergewaltigt – heißt Siegfried. Auch hier stiftet Brunhild zum Mord an Siegfried an, allerdings in dieser Version ihren Dienstmann Hagen von Tronje. Das weitere Geschehen geht gar nicht gut aus: Siegfried wird ermordet, seine Frau Kriemhild heiratet König Etzel (den historischen König Atila) und lässt im zweiten Teil des Epos ganz einfach alle umbringen, Etzels Gefolge wie auch das ihres Bruders Gunther.

Um noch einmal auf die Walküren als Gesamtheit zurückzukommen: Ihre Zahl wird abwechselnd mit neun oder mit zwölf, manchmal auch mit dreizehn Mädchen angegeben. Ihre Rolle in Walhall beschränkt sich im Wesentlichen auf die herausfordernde Aufgabe, den Helden Bier und Met zu kredenzen.

Die Lieder-Edda, »Grímnismál« (36), nennt auch die Namen dieser dienstbaren Mädchen aus Walhall:

Hrist und Mist sollen das Horn mir reichen
Skeggöld und Skögul,
Hlöck und Herfiötr, Hildur und Thrudr,
Göll und Geirölul,
Rangrid und Rathgrid und Reginleif
Schenken den Einheriern Äl.

Die Wikinger deuteten übrigens die Polarlichter als Zeichen für die Anwesenheit von Walküren oder eher: als Anzeichen einer Schlacht irgendwo in Midgard: Denn auf ihrem Ritt durch den Himmel zum Schlachtfeld und zurück nach Walhall spiegelte sich das Mondlicht in den Rüstungen der Walküren – eine durchaus plausible Erklärung für die bunten Farbspiele der Nordlichter am Himmel.

Odin und seine Walküren, Briefmarke aus der Sonderedition der Färöer-Inseln 2003 (Briefmarke Nr. 433).

Trolle

Sie fehlen noch in dieser Auflistung nordgermanischer Sagenfiguren: die Trolle. Was also ist mit den Trollen, wo haben sie ihren Platz? Schließlich zählen sie heute fast schon zu Norwegens Wahrzeichen.

Tatsächlich kann man die Frage nach den Trollen, so populär diese Wesen bis heute sind, eher knapp beantworten: Das Wort *troll*, auf Deutsch »Unhold« oder »Zauberwesen«, ist ganz einfach die altnordische Bezeichnung für »Riese« und wird parallel gebraucht zu *jötunn* und *þurs*. Eine kleine Einschränkung gibt es allerdings: Denn unter den Riesen der altnordischen Mythologie finden sich gelegentlich auch freundliche Exemplare, bei der Untergruppe der Trolle nie!

Im Laufe des Mittelalters wurden die Trolle allmählich umgebildet von reinen Riesen zu »Unholden« und damit zu einer eigenen Gattung innerhalb der »niederen Mythologie«. Sie erhielten Zauberkräfte, wobei es sich primär um Schadenszauber handelt. In der isländischen Märchenwelt und im Volksglauben Westskandinaviens sind die Trolle im Laufe der Zeit wesentlich bedeutender geworden als die Riesen.

Trolle sind größer als Menschen, dabei aber außerordentlich hässlich. Sie leben in den Bergen, weshalb sie manchmal auch den »Berggeistern« zugerechnet werden, und man sollte sie tunlichst nicht verärgern, denn dann schaden sie den Menschen. Was sie allerdings bereits auch ganz grundlos können.

Manchmal werden sie sogar mit den Wiedergängern, also lebenden Toten, identisch gesetzt.

Heute gibt es harmlose Troll-Varianten in jedem norwegischen Souvenirshop zu kaufen. Die kleinen Trolle zum Mitnehmen sehen eher niedlich als gefährlich aus und sind, je nach Ausführung, vom Kunsthandwerk bis zum Plunder erhältlich. Nach den Trollen wurde eine Bergregion in Mittelnorwegen als »Trollheimen« benannt, die »Trollstiege« wurde ja an anderer Stelle schon mit Bild vorgestellt.

Etwas anders verhält es sich mit diesen Sagenfiguren in Schweden und Dänemark. Hier sind die Trolle eher eine Art Heinzelmännchen und dementsprechend vor allem vertreten in Sagen über Wechselbälger: Die Trollweiber stehlen den Menschen die Babys und legen an ihrer Stelle ihr eigenes Trollkind ins Kinderbett.

Dieser Troll kämpft mit Bauern um ein paar Kühe.

Info

Troll-Geschichten

Trolle sind beliebte Figuren in der nordeuropäischen Literatur. Der norwegische Dramatiker Henrik Ibsen erwähnt den Troll in seinem Drama »Peer Gynt«. Auch Knut Hamsun, Trygve Gulbranssen, Bjørnstjerne Bjørnson und die schwedische Schriftstellerin Selma Lagerlöf geben den Trollen eine mal mehr, mal weniger wichtige Rolle in ihren Erzählungen. Eine harmlose und freundliche Variante der Trolle begegnet uns darüber hinaus in den Erzählbänden über die »Mumins« der finnlandschwedischen Kinderbuchautorin Tove Jansson. Dieser Welt der Mumintrolle ist im finnischen Naantali sogar ein eigener Themenpark für Kinder gewidmet.

Tove Jansson mit mehreren Muminfiguren (1956).

Menschen und ihre Variationen

In der nordischen Mythologie sind sie zwar absolut nicht führend. Aber es gibt tatsächlich auch Menschen. Sie bewohnen den mittleren Teil der Welt, Midgard. Nun sind Menschen an sich nichts besonders Mythologisches. Interessant für die

Welt der Sagen werden sie aber dann, wenn sie etwa übersinnliche Kräfte entwickeln, sich verwandeln oder geisterhafte Formen annehmen. Deshalb sollen nun in einem letzten, eher kurzen Abschnitt auch noch die Menschen in ihren Wandlungsformen vorgestellt werden, sofern sie für die nordische Mythologie typisch sind.

Werwölfe

Mann-Wölfe, so die korrekte Bezeichnung (*wer* = Mann), haben längst Eingang gefunden ins Fantasy- und Horrorgenre. Und auch die Germanen haben die Werwölfe nicht erfunden: Bereits bei Herodot (490/480–424 v. Chr.) und Plinius (23/24–79 n. Chr.) finden sich Geschichten über Menschen, die sich in Tiere verwandeln.

Heute geht man davon aus, dass im Skandinavien des Mittelalters zunächst niemand an »übersinnliche« Verwandlungen von Menschen in Tiere geglaubt hat, sondern man nimmt einfach an, dass sich Krieger in Tierfelle gehüllt haben und sich damit rein optisch einem Bär oder einem Wolf anzunähern versuchten. Bis hier bleibt die Verwandlung des Mannes in einen Wolf durchaus im Rahmen des Nachvollziehbaren. Dem widerspricht allerdings im 16. Jahrhundert der schwedische Kartograph und röm.-kath. Bischof Olaus Magnus ganz entschieden. In seiner »Historia de gentibus septentrionalibus« (»Geschichte der nördlichen Völker«) erzählt er nämlich von Männern im Norden, die sich bei Vollmond in Wölfe verwandelten und dann in die Häuser der Menschen eindringen würden. Nach ein paar Tagen würden sie sich wieder in Menschen zurückverwandeln, und der ganze Spuk sei vorbei.

Auch in der isländischen »Egils saga« heißt es von Egils Großvater:

Ein Werwolf raubt eine wehrlose Frau; Darstellung aus dem 18. Jahrhundert.

> jedes Mal, wenn es zum Abend ging, wurde er so unwirsch, dass nur wenige Leute mit ihm ins Gespräch kamen. Beim Dunkelwerden pflegte er schläfrig zu werden. Man erzählt sich, dass er des Nachts häufig in verwandelter Gestalt umging. Die Leute nannten ihn Abend-Wolf. (»Egils saga«, Kap. 1)

Wie hinter jedem Sagenmotiv vermutet man natürlich auch hinter den Werwölfen einen »realistischen« Kern. So wurde unter anderem die Tollwuterkrankung als mögliches Deutungsmuster angenommen. Tatsächlich führt die Tollwut zu spastischen Schluckkrämpfen, die Erkrankten beißen um sich, haben großen Durst, können aber gleichzeitig nichts trinken. Auch psychische Krankheiten wurden hinter der rätselhaften Verwandlung sonst friedlicher Männer vermutet.

Der Glaube an Werwölfe hat sich lange gehalten: Im Zuge der Hexenverfolgungen der Frühen Neuzeit kam es immer wieder zu Anklagen gegen Männer, denen die Verwandlung in einen Werwolf und damit verbunden die Verwüstung und Plünderung von Höfen zur Last gelegt wurde. Es wundert wenig, dass diese Werwolf-Prozesse immer dann gehäuft auftraten, wenn in einer Region eine Wolfsplage zu verzeichnen war.

Berserker

Die Formulierung, jemand kämpfe »wie ein Berserker«, hat sich bis in unsere Alltagssprache erhalten. Ursprünglich war damit aber eher eine Art ekstatischer Kampf gemeint, bei dem der Kämpfer keine Schmerzen mehr verspürte.

Damit zählen die Berserker zwar nicht zu den mythologischen Figuren im engeren Sinn, sie haben aber doch Eingang gefunden in die altnordischen Sagen, und deshalb sollen auch sie kurz erwähnt werden.

Zum ersten Mal findet sich der Begriff in einem Preislied des Skalden Thórbjörn Hornklofi auf den norwegischen König Harald Schönhaar nach einer Schlacht am Hafrsfjord (ca. 872 n. Chr.), an der Berserker und Ulfheðnrar, Kämpfer in Tierkleidung, teilgenommen hätten.

Auch in einigen Edda-Liedern werden die Berserker genannt. Ausführlich berichtet Snorri Sturluson in der »Ynglingasaga« von ihnen. Sie sind dort Kämpfer des Gottes Odin:

> Aber seine eigenen Mannen gingen ohne Brünnen [Panzerhemd], und sie waren wild wie Hunde oder Wölfe. Sie bissen in ihre Schilde und waren stark wie Bären

> oder Stiere. Sie erschlugen das Menschenvolk, und weder Feuer noch Stahl konnte ihnen etwas anhaben. Man nannte dies ›Berserkergang‹. (Kap. 6)

In der isländischen Sagenliteratur treten Berserker einmal als königliche Elitetruppen auf, zum anderen aber auch als herumziehende Unruhestifter, die erst vom jeweiligen Sagenheld zur Strecke gebracht werden.

Ihren Ursprung dürften die Berserker im kultisch-ekstatischen Maskenkriegertum des germanischen Altertums haben. Das Wort »Berserker« setzt sich zusammen aus *ber* (= Bär) und *serkr* (= Hemd). Da sie, wie bereits beschrieben, häufig gemeinsam mit den Ulfsheðnar, also Kriegern in Wolfshäuten, auftreten, handelt es sich wohl auch bei ihnen um Krieger in Fellverkleidungen. Und die Nähe zu Odin, der auch als Gott der kultischen Ekstase galt, lässt darauf schließen, dass sich diese Kämpfer in einen ekstatischen Bewusstseinszustand versetzten, der sie tatsächlich schmerzunempfindlich werden ließ. Dieses Fehlen von Schmerzen genauso wie die Unempfindlichkeit gegenüber Feuer und übrigens auch die Tatsache, dass man bei Verletzungen nicht zu bluten beginnt, gilt als typisches Phänomen schamanischer Trancezustände. Also haben auch die Berserker ihre durchaus realistischen Wurzeln, nämlich in alten skandinavischen Maskenkulten.

Fylgien

Sie sind zwar keine Menschen, aber sie begleiten sie. Das altnordische Verb *fylgja* bedeutet »folgen«, und dem entspricht auch die Funktion der Fylgien: Sie sind nämlich Folge- oder auch Schutzgeister, vom Körper der Menschen losgelöste Seelenwesen. Wahrgenommen werden sie nur von seherisch Begabten oder – vom Durchschnittsmenschen – im Traum. Fylgien treten in Frauen- oder Tiergestalt in Erscheinung, sie sind eine Art vom Menschen gelöster Doppelgänger, sie agieren an seiner Stelle, können aber auch als »Vorzeichen« von ihm wahrgenommen werden. In diesem Sinne sind sie auch Schicksalsfiguren und damit den Nornen nicht ganz unähnlich. Fylgien sind bereits bei der Geburt eines Menschen anwesend, sie folgen ihm und erscheinen ihm zum Zeitpunkt seines Todes.

Fylgien sind zwar eine Art »Seelenwesen«, anders als die Seelen in der christlichen Vorstellung verlassen sie den Menschen aber mit dessen Tod. Sie können auf Verwandte übergehen, manche begleiten ganze Generationenfolgen innerhalb einer Familie und beschützen dabei meistens das Familienoberhaupt.

Licht und Dunkel

Nicht nur für Phänomene wie Erdbeben oder Vulkanausbrüche hält die Mythologie eine Deutung bereit. Auch der Wechsel zwischen Licht und Dunkel und damit zwischen Sonnen- und Mondschein lässt sich sinnbildlich erklären:

Warum es Tag und Nacht gibt ...

Dellingr heißt des Tages Vater,
Die Nacht ist von Nörwi gezeugt.

Diese zwei Zeilen aus dem »Vfthruðnismál«, dem »Lied von Vafðrudnir« (Strophe 25), zeigen es: Tag und Nacht sind in der germanischen Mythologie zwei Lebewesen. Und sie haben beide Eltern. Damit ist in diesem Edda-Lied allerdings auch alles Wesentliche erzählt. Weit ausführlicher berichtet Snorri Sturluson in den »Gylfaginning« (Nr. 10) von Tag und Nacht:

> Nörwi oder Narfi hieß ein Riese, der in Jötunnheim wohnte; er hatte eine Tochter, die hieß Nacht und war schwarz und dunkel.

Nun folgen zwei Ehen ebendieser »Nótt«, wie sie im isländischen Original heißt, bis sie schließlich in dritter Ehe einen Mann aus dem Geschlecht der Asen heiratet. Er trägt den bezeichnenden Namen Delligr (»der Glänzende«), gemeinsam zeugen sie den Sohn Dagr, den Tag. Er ist »schön und licht nach seiner väterlichen Herkunft«.

Diese Kombination aus dunkler Mutter und hellem Sohn findet Odin offenbar recht praktisch, und so nimmt er beide, gibt ihnen zwei Pferde und zwei Wagen und setzt sie in den Himmel. Sie müssen nun immer in zwei Tagen um die ganze Erde reiten. Nótt reitet mit ihrem Pferd voraus, in der Früh jeden Tages wird die Erde mit dem Schaum aus dem Gebiss des Pferdes betaut. Dagr folgt seiner Mutter mit seinem Pferd, dessen Mähne den ganzen Himmel und die Erde beleuchtet.

So erklärt sich der Wechsel zwischen Tag und Nacht. Offen bleiben in dieser mythologischen Ausgestaltung allerdings die gerade für viele Teile Skandinaviens typischen langen Sommernächte, in denen die Sonne kaum oder gar nicht untergeht, und die Wintermonate, in denen sie nur kurz oder überhaupt nicht aufgeht.

... und wer Sonne und Mond in Wirklichkeit sind

Nicht nur der Wechsel zwischen Tag und Nacht an sich hat seine eigene Erklärung in der Mythologie. Auch Sonne und Mond werden ausführlich gewürdigt. Streng genommen erklären beide Sagen, die von Tag und Nacht genauso wie die von Sonne und Mond, dasselbe Phänomen: nämlich den Wechsel von der hellen zur dunklen Tageszeit.

Sól ist in der Mythologie an sich eine Asengöttin. Aber eigentlich ist sie die personifizierte Sonne. Auch ihre Geschichte findet sich bei Snorri in den Gylfaginning: Ein Mann namens Mundilfari hatte zwei Kinder, die so schön waren, dass er seinen Sohn »Mond« (Mani) und die Tochter »Sonne« (Sól) nannte. Die Tochter verheiratete er mit einem Mann namens Glenr. Was genau die Götter bei den beiden Geschwistern so erbost, wird nicht erklärt, zumindest empfinden sie Sól und Mani als anmaßend – und setzen sie in den Himmel. Sól lassen sie die zwei Pferde lenken, die den Wagen mit der Sonne ziehen. Die Sonne – dieses Mal ist vom Fixstern die Rede und nicht von der Tochter Mundilfaris – hatten sie offenbar schon vorher aus einem Funken geschaffen, der aus Muspellsheim geflogen war. Unter den Schultern der Pferde befestigten die Götter zwei Blasbälge zur Kühlung. Sól ist nun also zuständig für die Sonne und Mani für den Mond.

Beide, Sól und Mani, müssen unentwegt über den Himmel laufen. Allerdings nicht einfach

Sól und Mani in einer Darstellung von Lorenz Frølich von 1895.

nur so, immerhin sind sie ja ans Firmament strafversetzt worden. Sie sind vielmehr beide beständig auf der Flucht. Sóls Verfolger ist ein Wolf mit dem Namen Sköll, Manis Verfolger, auch ein Wolf, heißt Hati.

Beide Wölfe sind vermutlich identisch mit dem Fenriswolf, von dem im nächsten Abschnitt die Rede sein wird. Eines Tages, so weit sei schon auf den weiteren Verlauf der Welt vorgegriffen, werden die Wölfe ihr Ziel erreichen. Bis dahin aber bleibt es beim ständigen Wechsel zwischen Sonnen- und Mondlicht, je nachdem, welches der beiden Geschwister sich mit seinen Pferden gerade oben am Himmel über dem Betrachter befindet.

Die Feinde der Welt

Keine Sagenwelt ohne ein paar ordentliche Antagonisten. Sie sind schon deshalb notwendig, weil der germanische Kosmos irgendwann sein Ende findet. Und das führen natürlich nicht diejenigen herbei, die eigentlich an seinem Bestehen mitwirken, sondern die Gegner allen Lebens.

Es gibt insgesamt genau drei Feinde der Welt, die eine eigene »Würdigung« verdienen, auch wenn »Würdigung« in diesem Zusammenhang vielleicht nicht ganz das richtige Wort ist. Aber immerhin, diese drei nehmen unter all den anderen Wesen, die Göttern und Menschen nicht sonderlich wohlgesonnen sind, eine Sonderstellung ein, schon alleine deshalb, weil die eddische Überlieferung sich ihnen ausführlicher widmet als etwa den Riesen.

Alle drei sind sie, wie bereits weiter oben erwähnt, Kinder des Gottes Loki und der Riesin Angrboða (auf Deutsch: die Angstbringende).

Die Midgardschlange

Sie wurde weiter oben schon einmal kurz erwähnt, nun soll sie noch etwas ausführlicher vorgestellt werden: die Midgardschlange oder auch »Weltenschlange« (altnord. Miðgarðsormr; auch Jörmungandr). Sie ist die Tochter des Gottes Loki und der Riesin Angrboða, gemeinsam mit ihren beiden Geschwistern, der Göttin Hel und dem Fenriswolf, gehört sie zu den drei Weltfeinden. Ihr Wohnort ist der Urozean, der die Welt umspannt. In den Liedern der älteren Edda ebenso wie bei den Skalden finden sich nur einige verstreute Angaben, erst Snorri vereinheitlicht all diese Fragmente und macht daraus die Midgardschlange, wie wir sie heute kennen. Lange Zeit hindurch hat sie in der Mythologie nicht allzu viel zu tun. Ihre Aufgabe besteht im Wesentlichen darin, auf das Weltende zu warten. Dann aber hat sie gemeinsam mit allen anderen Feinden der Welt ihren großen Auftritt.

Bis es so weit ist, nimmt es allerdings der Gott Thor schon zweimal mit ihr auf, jedes Mal mit ausgesprochen mäßigem Erfolg.

Beim ersten Mal rudert Thor gemeinsam mit dem Riesen Hymir hinaus aufs Meer, eigentlich, um Fische zu fangen. Als Köder dient ihm der Kopf eines Stieres. Fische beißen zwar nicht an, was bei der Größe des Köders eigentlich nicht weiter verwunderlich ist. Aber schließlich erwischt die Midgardschlange den Stierkopf, und es gelingt Thor, sie aus dem Wasser zu ziehen. Nun möchte er sie eigentlich kurz und schnell mit seinem legendären Hammer Mjöllnir erschlagen, aber Hymir erschrickt beim Anblick der Schlange derart, dass er die Leine kappt. Das Meeresungeheuer entkommt.

Beim zweiten Mal begegnet Thor der Schlange in Utgard. Über dieses zweite Aufeinandertreffen von Gott und Schlange wurde ja bereits anlässlich von Thors Pannenserie berichtet. Hier noch einmal zur Erinnerung: Der Herrscher der Außenwelt, Utgardloki, hat die

Wieder einmal die Briefmarken-Sonderedition der Färöer-Inseln: Thor und Hymir beim Fischfang.

Midgardschlange dieses Mal aus dem Wasser geholt und in eine riesige Katze verwandelt. Um seine Stärke zu beweisen, soll Thor diese Katze hochheben. Das gelingt ihm immerhin so weit, dass sie sich mit einem Bein vom Boden entfernt. Nicht gerade ein Zeugnis überragender Stärke, möchte man meinen, aber Utgardloki zeigt sich trotzdem beeindruckt. Was durchaus als Hinweis auf das Gewicht des Meeresungeheuers verstanden werden kann.

Die dritte Begegnung mit der Riesenschlange geht endgültig schief. Aber dieses Mal treffen die beiden schließlich auch beim Weltenende, den Ragnarök, aufeinander (zu diesem Finale der germanischen Mythologie später mehr), und da hat ohnehin niemand eine Chance, weder Götter noch Menschen. Die Schlange hat dieses Mal ihren heimischen Ozean in der liebenswerten Ab-

Thor versucht, die Midgardschlange hochzuheben. Druckgraphik von Lorenz Frølich, 1872.

Thor und die Midgardschlange, Zeichnung aus dem 19. Jahrhundert.

sicht verlassen, den Himmel zu vergiften. Thor trägt zwar in gewisser Weise dieses Mal den Sieg davon, er erschlägt sie nämlich mit seinem Hammer. Aber er kommt nur noch neun Schritte weit, dann stirbt auch er, vergiftet durch ihren Atem.

Die Göttin Hel

Erst spät in den Überlieferungen tritt die Herrscherin der Unterwelt, Hel, als Herrin des Totenreichs in den Sagenkreis ein, am deutlichsten ausgestaltet ist sie bei Snorri. In ihrem Reich ist, anders als im weiter oben geschilderten Totenreich, gar nichts mehr neutral oder gar freundlich. Hel ist die Tochter des Gottes Loki und der Riesin Angrboða, sie selbst wird nicht den Göttern, sondern den Riesen zugerechnet. Ihr Reich ist kalt, Hels Haut ist zur Hälfte blau-schwarz, zur anderen Hälfte hat sie eine gewöhnliche Farbe. Gemeinsam mit ihren beiden Geschwistern, der Midgardschlange und dem Fenriswolf (zu Letzterem später mehr), zählt sie zu dem mit Abstand Unsympathischsten, was die nordische Mythologie zu bieten hat. Hel holt alle Verstorbenen zu sich in ihr Reich, nicht einmal die Götter, die in der nordischen Mythologie selbst sterblich sind, werden von diesem Schicksal ausgenommen. Lediglich die im Krieg gefallenen Helden kann Odin bei sich aufnehmen. (Siehe Bildtafel nach S. 32 [Göttin Hel und Lokis weitere Nachkommen].)

Erzählung

Hermodrs Helritt

Eine berühmte Jenseitsreise aus der nordischen Mythologie, die zudem einen sehr anschaulichen Einblick ins ›liebenswerte‹ Wesen der Göttin Hel vermittelt, schildert die Episode über Hermóðr Helritt. Überliefert ist sie, wie so vieles aus der Mythologie, am ausführlichsten von Snorri.

Um zu verstehen, welche Art Regiment Hel in ihrer Welt führt, muss man wissen, was für ein wunderbarer Gott Balder ist. Wenn es nämlich eine Lichtgestalt in der Mythologie der Germanen gibt, dann ist das dieser Sohn des Gottes Odin und der Göttin Frigg. Er ist die Liebenswürdigkeit in Person, und eigentlich hätte er gar nicht sterben dürfen. Aber es geschieht doch, und mit seinem Tod gehen der Welt Schönheit und Glück verloren. Unter anderem deshalb fragt seine Mutter Frigg nach Balders Tod überall, ob sich jemand fände, der bereit wäre, ihren Sohn aus Hel zurückzuholen. Balders Bruder Hermóðr übernimmt schließlich diese Aufgabe.

Neun Tage und Nächte reitet er durch dunkle Täler, bis er schließlich am Eingang von Hel ankommt. Er überquert die Brücke und reitet zu der Halle, in der sein Bruder nun wohnt, immerhin hat Balder hier einen Ehrenplatz bekommen. Hermóðr bleibt eine Nacht dort, dann bittet er die Göttin Hel, Balder wieder zu den Göttern zurückkehren zu lassen, die Trauer um ihn sei überall sehr groß.

Schön und gut, befindet Hel, aber ob dem überhaupt so sei, das müsse sich erst noch herausstellen. Erst wenn nämlich alle Dinge auf der Welt, tote wie lebendige, Balders Tod beweinten, dann sei er wirklich völlig unabkömmlich für die Welt, und dann dürfe er wieder zu den Lebenden zurückgehen.

Hermóðr kehrt also mehr oder weniger unverrichteter Dinge und vor allem ohne Balder nach Asgard zurück. Aber die Götter senden Boten aus, jeder Stein, jeder Baum, jeder Mensch wird befragt, ob er den wunderbaren Gott vermisse, und alle bestätigen es. Alle, bis auf ein Riesenweib in einer Höhle. Man vermutet dahinter den Gott Loki in der Gestalt der Riesin, aber so ganz sicher ist das nicht. Wie auch immer, das Riesenweib wird aufgefordert, doch bitte um den toten Balder zu weinen, aber sie lehnt die Bitte schlicht und einfach ab. Sie habe nie irgendeinen Nutzen von Balder gehabt, Hel könne ihn gerne bei sich behalten.

Und das tut Hel auch.

Einen kleinen Trost hält die Erzählung aber noch bereit: Denn später, nach dem Weltenende Ragnarök, das so gut wie keiner überlebt, wird Balder wieder aus Helheim zurückkehren und als die Lichtgestalt, die er nun einmal ist, ein besseres Zeitalter einleiten.

(Siehe Abbildung rechte Seite. Nachzulesen ist die Episode in der Snorra-Edda, »Gylfaginning«, 49.)

Der Fenriswolf

Bleibt noch das dritte der drei Geschwister übrig: der Fenriswolf, auch Fenrir oder Fenrisúlfr (»der Sumpf-Wolf« oder »der im Sumpf Lebende«) genannt. Bei Snorri wird der Mythos des Wolfes zu einer recht langen Geschichte ausgestaltet.

Die Fesselung des Fenriswolfs

Als kleiner Wolfswelpe ist auch Fenrir zunächst so lieb und süß wie alle Babys. Das ändert aber nichts an der Weissagung, er und seine beiden Geschwister würden einmal kräftig mitarbeiten am Untergang der Welt. Daraufhin macht Odin kurzen Prozess: Die Schlange wirft er ins Meer, wo sie allerdings ziemlich gut gedeiht, bis sie schließlich die ganze Welt umspannt, so dass sie sich selbst in

Hermóðr reitet zu Hel, um für Balder zu bitten. Aus einer isländischen Handschrift des 18. Jahrhunderts. Wer genau hinschaut, kann die vier Vorderbeine des Pferdes erkennen, Hermóðr nimmt für seinen Weg nämlich Odins achtbeiniges Pferd Sleipnir.

den Schwanz beißt. Hel wirft er hinab nach Niflheim. Immerhin gibt er ihr zum Ausgleich für diese Verbannung die Herrschaft über die neun Welten des Totenreichs.

Den kleinen Wolf aber behalten die Götter zunächst einmal bei sich. Aber auch jetzt schon ist er kein entzückendes Jungtier mehr, sondern immerhin schon so gefürchtet, dass nur Týr allein sich zu ihm wagt, um ihm sein Futter zu bringen. Und der Wolf wächst. Gleichzeitig mehren sich die Vorhersagen, dass von ihm später einmal nichts als Schaden und Ärger ausgehen werde. Und so beschließen die Götter, den Wolf zu fesseln. Diese erste Kette trägt den Namen Lœðing, und Fenrir zeigt sich von ihr herzlich unbeeindruckt, er zerreißt sie sofort. Die zweite, deutlich stärkere Kette heißt Drómi, auch sie bereitet dem Wolf keine allzu großen Probleme. Allerdings hatte es dieses Mal schon einiger Überredungskunst seitens der Götter bedurft, um sie ihm überhaupt umzulegen: Wenn er einmal wegen seiner Kraft sehr berühmt werden wolle, hatten ihm die Götter erklärt, dann müsse er zeigen, dass er sich von dieser Kette befreien könne. Eigentlich will Fenrir gar nicht, Kette ist immerhin Kette, selbst wenn man sie sich nur zu Versuchszwecken umlegen lässt. Aber der Wunsch nach Ruhm ist schließlich größer als alle Vorbehalte gegen die Fesselung. Und es zeigt sich ja gleich darauf, wer von beiden der Stärkere ist.

Damit ist die zweite Kette kaputt und der Wolf immer noch kein bisschen unschädlich gemacht.

Die Asen sind etwas ratlos. Schließlich beauftragt Odin ein paar Zwerge damit, die endgültig unzerstörbaren Ketten zu erschaffen. Sie machen sich an die Arbeit und bringen ihm schließlich die Fessel Gleipnir. Sie ist aus lauter Dingen geschaffen, die es nicht gibt: dem Geräusch der Katze, dem Bart einer Frau, den Wurzeln der Berge, dem Atem eines Fisches und der Spucke eines Vogels. Dabei ist sie ganz leicht und weich.

Die Asen bringen nun den Wolf auf die Insel Lyngvi im See Ármsvartnir. Und das Spiel beginnt von vorne: Fenrir möge doch bitte noch einmal seine Kraft unter Beweis stellen und es mit der neuen Fessel aufnehmen. Aber jetzt ist der Wolf argwöhnisch: Entweder, die Fessel stelle gar keine Herausforderung für ihn da, dann könne er sich die Mühe gleich sparen, oder sie sei im Gegenteil nicht mehr zu zerreißen. Kurz: Er will nicht. Dieses Mal wirklich nicht.

Die Götter verhandeln weiter: Wenn sich herausstellen sollte, dass diese Fessel zu stark für den Wolf ist, dann würden sie, die Götter, ihn wieder befreien. Versprochen. Aber auf dieses Versprechen lässt sich Fenrir nicht ein. Wenn er sich überhaupt fesseln ließe, dann müsse dieses Mal einer der Götter als Pfand seine Hand in das Maul des Wolfes stecken. Die Götter überlegen eine Weile, schließlich opfert sich Týr.

Mit dem Ergebnis, dass die Kette hält, Týr seine Hand verliert, und alle anderen Götter – bis auf Týr verständlicherweise – erleichtert sind. Der Wolf ist endlich gefesselt! Sie binden die Kette an einen Felsen und spreizen schließlich den Kiefer des Wolfes noch mit einem Schwert. Er heult entsetzlich, und aus seinem Speichel bildet sich der Fluss Ván. Aber bis zu den Ragnarök ist Fenrir erst einmal gefesselt. (Im Original ist die gesamte Episode nachzulesen in Gylf. 34; siehe Bildtafel nach S. 32 [Fenriswolf in einer Illustration aus dem 17. Jahrhundert].)

Abschließend noch ein bisschen Namensverwirrung: In den »Gylfaginning« (12) ist nämlich noch von drei weiteren Wölfen die Rede:

> ›Wer ist es, der sie [gemeint ist die Sonne – A.S.] so in Angst versetzt?‹ Har antwortete: ›Das sind zwei Wölfe. Der eine, der sie verfolgt, heißt Sköll. Sie fürchtet, daß er sie greifen möchte. Der andere heißt Hati, ..., der läuft vor ihr her und will den Mond packen, was auch geschehen wird.‹ Da fragte Gangleri: ›Von welcher Herkunft sind diese Wölfe?‹ Har antwortete: ›Ein Riesenweib wohnt östlich von Midgard in dem Walde, der Jarnwidr heißt ... Jenes alte Riesenweib gebiert viele Riesenkinder, alle in Wolfsgestalt, und von ihr stammen die Wölfe. Es wird gesagt, der Mächtigste dieses Geschlechts werde der werden, welcher Manargarm heißt. Dieser wird mit dem Fleisch aller Menschen, da sie sterben, gesättigt; er verschlingt den Mond und überspritzt den Himmel und die Luft mit seinem Blute; davon verfinstert sich der Sonne Schein, und die Winde brausen und sausen hin und her.‹

Man nimmt heute an, dass es sich bei Hati, Sköll und Manargarm immer wieder um Fenrir handelt und dass die verschiedenen Namen auf Snorri Sturlusons Versuche zurückzuführen sind, seine unterschiedlichen Quellen zu systematisieren.

Das Ende der Welt – Die Ragnarök

Viel weiß der Weise, weit seh ich voraus,
Der Welt Untergang, der Asen Fall.
Brüder befehden sich und fällen einander,
Geschwister sieht man die Sippe brechen.
Der Grund erdröhnt, üble Disen fliegen;
Der eine schont des andern nicht mehr.
Unerhörtes ereignet sich, großer Ehbruch.
Beilalter, Schwertalter, wo Schilde krachen,
Windzeit, Wolfszeit, eh die Welt zerstürzt.

Mit diesen Strophen (44–46) der »Völuspa«, dem wohl berühmtesten Lied der Lieder-Edda, beginnt nichts Unwichtigeres als der Untergang der gesamten mythologischen Welt der Nordgermanen.

In der älteren Edda wird dieses Ereignis im Plural bezeichnet, die *ragnarök* meinen das »Endschicksal der Götter« oder einfach das »Götterschicksal«. Snorri Sturluson spricht in der Einzahl von *ragnarökr*, was sich eher mit »Götterdämmerung« übersetzen ließe. Die Rede ist aber in beiden Fällen von demselben: nämlich von der Eschatologie der germanischen Mythologie, also der Lehre von den »letzten Dingen«.

In vielen Religionen ist mit der Eschatologie gleichzeitig auch die Lehre vom Anbruch einer neuen Zeit gemeint. Und in gewisser Weise beinhaltet sogar das Weltende der Germanen noch den Beginn einer neuen, besseren Welt. Im Wesentlichen handeln die Ragnarök aber vom Morden, Vernichten und Zerstören. Übrig bleibt fast niemand mehr, die »neue Zeit« wird eher zaghaft angedeutet.

Das Weltbild in der germanischen Mythologie ist, wie bereits am Beginn dieses Buches kurz angedeutet, ein sehr pessimistisches. Insofern widmet sich die Schilderung der Ragnarök auch in ziemlicher Ausführlichkeit allem, was nur irgendwie destruktiv sein kann.

Unsere Hauptauskunftsquelle für die Geschehnisse beim Weltenende sind zunächst einmal die Strophen 44 bis 66 der »Völuspa«, deren erste drei den Beginn dieses Abschnittes gebildet haben. In einer kommentierten Prosafassung widmet sich auch Snorri Sturluson den Ragnarök in den Abschnitten 50 bis 52 seiner »Gylfaginning«.

Die Zerstörung des nordischen Kosmos trifft alle: Götter, Riesen, Zwerge, Menschen ... Ungewöhnlich daran ist vor allem der Umstand, dass in dieser Welt auch die Götter sterblich sind, auch sie haben durch ihr Fehlverhalten, durch Verbrechen und Kriege, Schuld auf sich geladen und »verdienen« demnach keine weitere Existenz mehr in dieser Welt.

Liest man die Schilderungen der einzelnen Details im Weltuntergangsszenario der nordischen Mythologie, stellt man schnell fest, dass diese Geschichte es spielend aufnehmen kann mit jedem Katastrophenfilm der Gegenwart und erst recht mit jeder anderen Endzeitschilderung anderer Religionen oder Mythologien.

Die vier Katastrophen am Beginn

Zunächst einmal sind es vier eschatologische Katastrophen, die den Weltuntergang ankündigen. Allerdings nehmen sie in den Ausführungen der Prosa-Edda weit mehr Raum ein als der eigentliche Kampf im Anschluss.

Den Auftakt machen drei Jahre heftiger Kämpfe, auf die der sogenannte Fimbulwinter (altnord. *fimbulvetr*, der Riesenwinter) folgt. Bei Snorri ist das eine Kälteperiode aus drei aufeinanderfolgenden Wintern, zwischen denen keine wärmere Phase liegt. Stattdessen Schnee aus allen Himmelsrichtungen, Frost und kalte Stürme. Für eine Region, in der die Kälte für die Menschen durchaus eine Bedrohung bedeutet, stellt das ein nachvollziehbares Angstszenario dar.

Der zweite »Bote« des nahenden Weltuntergangs ist der Weltenbrand, ausgelöst durch den Riesen Surtr. Er reitet mit den Muspellssöhnen, also den Riesen aus Muspellsheim gegen die Götter. *Surtarlogi* wird der Brand, der die Welt vernichtet oder zumindest zu deren Vernichtung beiträgt, in altnordischer Sprache genannt. Surtr führt seine Leute an, vor und hinter ihm ist Feuer, auch sein Schwert scheint zu brennen, denn nach Snorris Schilderung glänzt es »heller als die Sonne«. Als Surtr und sein Gefolge die Brücke Bifröst überqueren, zerbricht sie. Die Riesen reiten weiter zum Kampfplatz Vigríðr.

Als dritte Katastrophe vor Beginn des eigentlichen Weltendes darf die Midgardschlange endlich ihren Ozean verlassen. Das bleibt allerdings nicht ganz folgenlos: Denn die Midgardschlange ist nicht gerade eine kleine, zarte Schlange, und als sie das Meer verlässt, wird es von dieser Bewegung derart aufgepeitscht, dass die Erde im Wasser versinkt. Gleichzeitig vergiftet der »Wurm«, wie die Schlange bisweilen bezeichnet wird, mit seinem Atem Luft und Meer.

Die zweite Katastrophe bei den Ragnarök: der Weltenbrand, hier in einer Illustration von Emil Doepler aus dem Jahr 1905.

Und als Letztes hat noch der Fenriswolf seinen großen Auftritt: Denn er kann sich durch den ganzen Aufruhr, der mittlerweile auf der Welt herrscht, von seiner Fessel befreien. Als erste Großtat, der noch eine weitere folgen wird, verschlingt er die Sonne, woraufhin sich naturgemäß die Erde verdunkelt. Außerdem spuckt er Feuer. Ein weiterer Wolf – eventuell auch derselbe, darüber sind sich die Quellen nicht ganz einig – vernichtet in gleicher Weise den Mond und die Sterne.

Gemessen an diesem ganzen Vernichtungswerk ist das, was sich nun anschließt, fast schon harmlos: Die Erde bebt, Bäume werden entwurzelt, Berge stürzen in sich zusammen, die Weltesche Yggdrasill zittert. All das geschieht nicht unbedingt in chronologischer Abfolge, sondern durchaus auch simultan.

Durch die Überschwemmung wird auch das Schiff Naglfar flottgemacht, das aus den Nägeln der Toten erbaut ist. Gesteuert wird es vom Riesen Hrymr (in der Lieder-Edda ist vom Gott Loki die Rede).

Außerdem ziehen noch die Göttin Hel mit ihrem Gefolge und alle Hrimthursen, also die Reifriesen, zum großen Kampf gegen Götter und Menschen.

Diese ganze reizende Gesellschaft trifft sich gemeinsam mit Fenriswolf, Midgardschlange, Loki und den schon am Beginn erwähnten Feuerriesen auf dem Kampfplatz Vigríðr, sie alle nehmen hier Stellung ein.

Man möchte meinen, dass eine derartig groß angelegte Zerstörung niemandem wirklich entgehen kann. Aber ein richtiger Weltuntergang braucht offenbar eine gewisse Dramaturgie. Und so stößt, während Midgardschlange, Fenriswolf, Riesen und alle anderen gerade nach Kräften alles vernichten, was sich nur irgendwie vernichten lässt, der Gott Heimdallr in sein Giallarhorn – »und weckt alle Götter«, wie es bei Snorri heißt. Die daraufhin »Rat halten«! Odin reitet außerdem auch noch zu Mimir, um sich dort ein paar hilfreiche Tipps zu holen.

Ob Mimir ihm helfen kann, ist nicht überliefert. Zumindest ziehen nun alle Götter, angeführt von Odin und seinen Einheriern, zum Kampfplatz Vigríðr.

Der Kampf auf dem Feld Vigríðr

Nun erst folgt der eigentliche Kampf:

Odin tritt gegen den Fenriswolf an, zunächst noch unterstützt von Thor. Doch der trifft bald danach auf seine alte Feindin, die Midgardschlange, und kann Odin nicht länger beistehen. Wie die Auseinandersetzung zwischen Thor und Midgardschlange ausgeht, wurde bereits im Abschnitt über die Schlange geschildert: Thor

Info

Ein Schiff aus Finger- und Fußnägeln

Ein besonders scheußliches Requisit der Ragnarök ist das Totenschiff Naglfar (altnord. für das »Nagel-Schiff«). Es ist aus den ungeschnittenen Nägeln der Toten erbaut. Ob es vom Riesen Hrymr oder vom Gott Loki gesteuert wird, der ja schon lange vor Beginn der Ragnarök aus der Gemeinschaft der Götter verstoßen wurde, dazu überliefern Lieder- und Prosa-Edda zwei unterschiedliche Versionen. Zumindest rückt dieses Schiff erst aus, wenn das Weltenende da ist. Und um den Zeitpunkt so weit wie möglich hinauszuzögern, soll man, so Snorri in den »Gylfaginning«, den Verstorbenen vor der Bestattung die Nägel schneiden. Innerhalb der Schiffshierarchie ist Naglfar übrigens das größte Schiff der Mythologie. Freyrs Skíðblaðnir ist aber das Beste!

Mal wieder die Briefmarken der Färöer-Inseln, hier mit einer stilisierten Zeichnung des Totenschiffes Naglfar.

kann sie zwar bei dieser, ihrer insgesamt dritten Begegnung mit seinem Hammer erschlagen. Er selbst stirbt aber wenig später ebenfalls, denn das Ungeheuer hatte es vor seinem Tod noch geschafft, den Gott mit ihrem Atem zu vergiften.

Auch für Odin nimmt die Sache keinen guten Verlauf: Der Wolf verschlingt ihn ganz einfach. Allerdings bleibt Odins Tod nicht ungerächt: Viðarr, der Gott »mit dem starken Schuh«, setzt nämlich seinen Fuß auf den Unterkiefer des Wolfes, mit der Hand ergreift er den Oberkiefer und trennt so das Maul des Fenriswolfes in zwei Hälften, woraufhin dieser stirbt.

Odins Tod als Abbildung auf der Briefmarke der Färöer-Inseln, Sonderedition 2003.

Der Kampf zwischen Freyr und Surtr.

Der Gott Freyr kämpft gegen Surtr. Allerdings hatte er seinerzeit bei der Brautwerbung um die schöne Riesentochter Gerda seinem Diener Skirmir sein Schwert geschenkt. Und das wird ihm nun zum Verhängnis: Denn ohne Schwert ist er Surtr gegenüber deutlich im Nachteil. Freyr fällt im Kampf gegen den Riesen.

Týr und der Höllenhund Garmr erschlagen sich gegenseitig, ebenso Heimdallr und Loki.

Und jetzt kommt es zum eigentlichen Finale, dem die Ragnarök auch ihre Bezeichnung als »Weltenbrand« verdanken: Der Feuerriese Surtr nämlich schleudert Feuer über die Erde und verbrennt die ganze Welt.

Info

Die Macht der Götter

Hätten die Götter dieses Weltenende nicht abwenden können? Immerhin sind sie ja Götter und damit so eine Art Autorität im germanischen Kosmos. Die Frage ist einfach zu beantworten: Nein, hätten sie nicht. Denn die Götter in einer polytheistischen Religion stehen in der Regel nicht über dieser Welt. Sondern sie sind ein Teil davon. Und damit sind auch sie dem unterworfen, was man »das Weltgesetz« nennen könnte.

Und nun?

»Was geschieht hernach, wenn Himmel und Erde verbrannt sind und alle Welten und die Götter alle tot sind und alle Einherier und alles Menschenvolk?«

Diese Frage aus den »Gylfaginning« fasst den Status quo der »alten« Welt recht präzise zusammen: Niemand ist mehr am Leben.

Oder fast niemand. Denn ein paar haben das nordgermanische Inferno erstaunlicherweise überlebt.

Das neue Zeitalter

Zum Schluss noch ein versöhnlicher Ausblick: Auch die Schöpfung in der germanischen Mythologie ist bei allem Pessimismus doch eine zyklische. Denn aus der Vernichtung entsteht eine neue Welt: Die Erde steigt aus dem Meer, »grün und schön und Korn wächst darauf« (Gylf. 52). Auch ein paar der alten Götter haben überlebt: Viðarr, der zuvor den Tod Odins gerächt hatte, Váli und die beiden Söhne Thors, Móði und Magni. Sie alle treffen einander auf der Ebene Iðavöllr, dem »Idafeld« im früheren Asgard. Aus Hel kehrt Balder zurück, der damals durch den Wurf mit einem Mistelzweig getötet wurde und den die Göttin Hel nicht wieder herausgeben wollte, ebenso sein blinder Bruder Höðr, der Balders Tod unabsichtlich verschuldet hatte.

Außerdem haben in einem Holz, das wohl den Stamm der Weltesche Yggdrasill symbolisieren soll, die beiden Menschen Líf und Lífthrasir überlebt, sie sind die Ahnen des neuen Menschengeschlechts.

Und weil ohne Licht nichts wachsen kann, hatte die Sonne, die ja vom Fenriswolf gefressen worden war, eine Tochter geboren. Sie wird nun die neue Erde bescheinen.

Mehr erfahren wir nicht über diese neue, bessere Welt. Snorri Sturluson schließt seine »Gylfaginning« (52) mit den Worten:

> Wenn du aber nun weiter fragen willst, so weiß ich nicht, woher dir das kommt, denn nie hört ich jemanden mehr von den Schicksalen der Welt berichten.

Und um die Briefmarkensammlung der Färöer-Sonderedition aus dem Jahr 2003 abzuschließen: Dieses Bild zeigt die Rückkehr Balders und Hödrs.

GLOSSAR

Götter

Balder: die Lichtgestalt unter den Göttern; Balder ist einer der Söhne Odins, der Ehemann der Göttin Nanna und Vater des Gottes Forseti; bekannt ist die Geschichte von Balders Ermordung und dem Versuch, ihn aus dem Totenreich zurückzuholen.

Forseti: der Sohn der Göttin Nanna und des Gottes Balder; er sitzt bei Göttern und Menschen zu Gericht und gilt als ausgleichend und gerecht.

Freyja: die Tochter des Njörd, Schwester und zunächst auch Ehefrau des Gottes Freyr; sie ist eine Fruchtbarkeitsgöttin, außerdem die Göttin der Liebe und der Ehe.

Freyr: Sohn des Gottes Njörd und zunächst auch Ehemann der Göttin Freyja; später wurde er, unter Anwendung von allerhand Drohungen, der Ehemann der Riesentochter Gerda; auch er ist ein Fruchtbarkeitsgott und im Zusammenhang damit der Gott des Regens und des Sonnenscheins.

Frigg: auch Frîja, die Frau Odins und Mutter der Götter Balder, Hermodr, Höðr und Bragi; ihre Schutzherrschaft ist nicht genau definiert, eventuell könnte sie als Göttin der Frauen und der Liebe gelten, die Analogie zur römischen Göttin Venus ist bereits durch den nach ihr benannten *frîatac*, den Freitag, gegeben, der dem römischen *dies Veneris* entspricht, dem Tag der Venus.

Gefjon: eine Asengöttin, verheiratet mit Odins Sohn Skjöld; Gefjon mit ihrem Pflug wird dafür verantwortlich gemacht, dass heute die Insel Seeland / Dänemark von Schweden losgelöst ist.

Heimdall: der Wächter, der die Brücke Bifröst bewacht, damit kein Riese nach Asgard gelangen kann; mit seinem Horn warnt er zu Beginn der Ragnarök vor dem Untergang der Welt.

Hermodr: Sohn Odins; nach Balders Tod ist es Hermodr, der ausgeschickt wird, um seinen toten Bruder aus Hel zurückzubitten.

Höðr: ein Asengott, der blinde Sohn Odins, der seinen Bruder Balder im Spiel und ohne es zu wissen tötet.

Iðunn: die Göttin, deren Äpfel den anderen Asengöttern die ewige Jugend erhalten.

Laufey: die Mutter Lokis.

Loki: Er ist der vielschichtigste der Götter: Narrenfigur, Schadensbringer, Intrigant und Retter in einem; bei den Ragnarök kämpft er auf Seiten der Feinde der Götter und Menschen.

Nanna: eine Asengöttin, die Tochter des Nepr, Mutter des Gottes Forseti und Frau des Gottes Balder; bei Balders Ermordung bricht Nanna aus Trauer tot zusammen und wird gemeinsam mit ihrem Mann auf dessen Schiff verbrannt; Nanna wird keine genaue Funktion zugeordnet, sie gilt jedoch als positiv besetzte Götterfigur.

Nerthus: Diese Göttin gehört nicht dem nordgermanischen Pantheon an, soll aber, da sie tatsächlich verehrt wurde, doch erwähnt werden; Tacitus berichtet in der »Germania« (40) von ihr, sie solle auf einer nicht näher bestimmten Ostseeinsel als Erdgöttin verehrt worden sein; ihr Name entspricht gleichzeitig dem des (männlichen) Gottes Njörðr; eine mögliche Erklärung für die Umdeutung eines männlichen Gottes zu einer weiblichen Gottheit könnte die sein, dass es sich bei diesem Gott von Anfang an um einen Hermaphroditen gehandelt hat.

Njörðr: Wanengott, Vater des Geschwisterpaares Freyja und Freyr, Ehemann der Riesentochter Skaði. Er gilt als Gott des Meeres, der Schifffahrt, des Fischfangs, des Windes und einigen Überlieferungen zufolge auch des Feuers. Eventuell ist er identisch mit der Göttin Nerthus oder er bildet zusammen mit ihr ein Geschwisterpaar.

Odin: einer der bedeutendsten Götter des nordischen Kosmos; Vater u. a. von Balder und Heimdall, Ehemann der Göttin Frigg; Gott der Krieger, der Winde, des Feuers, der Schrift und der Literatur; er versammelt die »Einherier«, die in der Schlacht gefallenen Krieger, bei sich in Walhall, damit sie ihn bei den Ragnarök im Kampf gegen die Feinde der Welt unterstützen.

Rán: die Frau des Meeresgottes Ägir und Mutter der Ägirstöchter, der Wellen, Herrscherin über das Totenreich am Grund des Meeres, zu ihr kommen die Ertrunkenen; Rán verkörpert damit die triste Seite des Meeres, im Gegensatz zu Ägir, der für dessen freundliche Komponente steht.

Rindr: die Mutter des Odinsohnes Váli.

Sága: eine Asengöttin, über die nur wenig bekannt ist. Sie wird in unterschiedlichen Quellen als Göttin der Sagen und Geschichten, aber auch als Göttin der Gewässer oder als Seherin gedeutet.

Sif: Frau des Gottes Thor und Mutter des Ullr, den sie bereits in die Ehe mitbringt; ihre Haare sind aus Gold, was vermutlich als Sinnbild der Ähren gedeutet werden kann.

Sigyn: die Ehefrau des Gottes Loki; Sigyn ist in erster Linie als diejenige bekannt, die eine Schale über den Kopf des gefesselten Loki hält, um so das Gift der Schlange aufzufangen, das sonst auf Loki tropfen würde.

Sól: bei Snorri eine Asengöttin, aber eigentlich stellt Sól die personifizierte Sonne dar.

Týr: der skandinavische Name des germanischen Gottes *Teiwaz. Er dürfte zu indogermanischen Zeiten eine große Bedeutung gehabt haben, in der Edda nimmt er dagegen keine herausragende Stellung ein; Týr verliert eine Hand bei der Fesselung des Fenriswolfs.

Ullr: Sohn der Sif und Stiefsohn von Thor; Ullr ist ein guter Bogenschütze, Schlittschuhläufer und Skifahrer; es ist nützlich, ihn bei Zweikämpfen anzurufen.

Viðarr: »der weithin Herrschende«; Sohn Odins und der Riesin Griðr; nach Snorri »der schweigsame Gott«, er gilt als ein sehr starker Gott, auf den sich die anderen Götter in schwierigen Situationen verlassen.

Riesen

Ägir: ein Meerriese, der bisweilen die Züge des Meergottes annimmt; anders als andere Riesen wird er häufig als Freund der Götter gezeichnet.

Angrboða: die Mutter der Göttin Hel, der Midgardschlange und des Fenriswolfes und damit der drei Feinde der Welt; alle drei hat sie mit dem Gott Loki gezeugt.

Baugi: ein Riese, bei dem sich Odin als Mäher verdingt, um so an den Skaldenmet des Riesen Suttungr zu gelangen.

Bergelmir: der Enkelsohn des Urriesen Ymir. Als einziger Riese konnte er sich gemeinsam mit seiner Frau aus den Fluten retten, die bei Ymirs Ermordung aus dessen Blut entstanden.

Bestla: die Tochter des Riesen Böllthorn und Mutter der ersten Götter Odin, Vili und Vé.

Bölthorn: altnord. Bölþorn, »Unglücks-Dorn«; der Vater der Riesin Bestla, die ihrerseits die Mutter der ersten Götter Odin, Vili und Vé ist.

Buri: der Stammvater der Götter. Buri wird von der Urkuh Auðumbla aus dem Ureis erschaffen bzw. freigeleckt. Ob Buri seinen Sohn Burr mit einer Riesin oder aus sich selbst heraus, also autogam, gezeugt hat, ist unklar.

Burr: auch Borr, der Sohn von Búri, den die Urkuh Auðumbla aus dem Ureis freileckt, und Vater von Odin, Vili und Vé; er ist der Mann der Riesentochter Bestla.

Farbauti: »der gefährlich Schlagende«, Vater des Gottes Loki.

Geirröðr: ein Riese, der zuerst Loki gefangen nimmt und dann von ihm verlangt, ihm Thor auszuliefern. Er wird von Thor erschlagen.

Gerda: eine außergewöhnlich schöne Riesentochter; unter Androhung schlimmster Strafen wird sie die Frau des Gottes Freyr.

Gjálp und **Greip**: Töchter des Riesen Geirröðr.

Griðr: diejenige Riesin, die Thor bei seiner Fahrt nach Geirröðargarð bei sich aufnimmt und ihm sogar einen Kraftgürtel und Eisenhandschuhe leiht.

Gunnlöð: Tochter des Riesen Suttungr; Odin verbringt drei Nächte bei ihr, als Dank lässt sie ihn drei Mal vom Skaldenmet trinken, den Odin ihr auf diese Weise raubt.

Mimir: ein weiser Riese, eventuell auch ein Asengott, er ist der Hüter des Brunnens der Weisheit unter der Wurzel der Weltesche Yggdrasill.

Skaði: Frau des Gottes Njörðr, von dem sie allerdings getrennt lebt, da sie in den Bergen, er dagegen am Meer wohnen will. Skaði wird auch als Göttin der Jagd und des Skilaufs verehrt.

Surtr: »der Schwarze«, der Feuerriese in der Mythologie.

Suttungr: der Riese, dem Odin den Skaldenmet raubt.

Thjazzi: altnord. Þjazi ist ein Riese, der durch Erpressung die Göttin Iðunn und ihre Jugend spendenden Äpfel raubt. Er wird von den Asen erschlagen.

Thökk: eine Riesin; vermutlich ist sie der verkleidete Gott Loki; Thökk ist das einzige Lebewesen, das sich weigert, um den getöteten Gott Balder zu weinen.

Thrym: ein Riese, der Thor seinen Hammer stiehlt und als Preis für die Rückgabe die Göttin Freyja zur Frau verlangt. Er wird von Thor erschlagen.

Ymir: der Urriese; er ist der Stammvater aller Riesen; Ymir wird von den ersten Göttern erschlagen, aus den Teilen seines Körpers erschaffen sie die Welt.

Zwerge

Alfrigg, **Dwalinn**, **Berlingr** und **Grerr**: Zwerge, die das Halsband Brísingamen der Göttin Freyja schmieden.

Alwíss: »der Allwissende«; ein Zwerg, von dem im Alvíssmál der Lieder-Edda erzählt wird, er habe um Thors Tochter geworben, sei daraufhin von Thor überlistet worden und im Sonnenlicht versteinert.

Andvari: »der Vorsichtige« ist ein Zwerg, den Loki mit einem Netz fängt. Er muss sich mit seinem Gold freikaufen, belegt dabei aber einen Goldring aus dem Schatz mit einem Fluch. Dieses Gold und der damit verbundene Fluch werden zum auslösenden Motiv in der Nibelungensage, hier heißt der Zwerg »Alberich«. In späteren Sagenkreisen ist aus ihm der Elfenkönig Auberon (Oberon) geworden.

Austri, **Vestri**, **Nordri**, **Sudri**: diese vier Zwerge stützen den aus dem Schädel des Urriesen Ymir gebildeten Himmel.

Fjalarr und **Galarr**: talentierte Brauer, die den Skaldenmet herstellen.

Sindri und **Brokkr**: diese beiden Zwerge sind für eine ganze Reihe von Kunstgegenständen verantwortlich. Sie fertigen Thors berühmten Hammer Mjöllnir, Heimdalls Ring Draupnir, sie erschaffen das goldene Haar der Göttin Sif und den goldenen Eber Gullinborsti, sie fertigen Odins Speer Gungnir und bauen Freyrs Schiff Skiðblaðnir; Sindris Sippe bewohnt einen eigenen, goldenen Saal, gelegen in Niðavellir (= das dunkle Gefilde) im Norden; in diesem goldenen Saal sollen nach dem Weltenbrand Ragnarök die guten und tugendhaften Menschen wohnen.

Menschen

Ask und **Embla**: die beiden ersten Menschen.

Kvasir: der »weiseste aller Menschen«; er entsteht, als nach dem Wanenkrieg Asen und Wanen Frieden schließen und deshalb in ein Gefäß spucken; aus dem Speichel erschaffen sie Kvasir.

Lif und **Lífthrasir**: die beiden Menschen, die in einem Holz die Ragnarök überleben und nun die Ahnen des neuen Menschengeschlechts bilden.

Mythologische Tiere und Fabelwesen

Alsviðr und **Árvakr**: die beiden Pferde, die die Sonne über den Himmel ziehen.

Auðumbla: die Urkuh; aus ihrem Euter laufen vier Milchströme, die den Urriesen Ymir ernähren, während sie selbst innerhalb von drei Tagen aus dem salzigen Eis den Stammvater der Götter, den Riesen Buri, freileckt.

Dáinn, **Duneirr**, **Durathrór** und **Dvalinn**: die vier Hirsche, die an der Weltesche Yggdrasill weiden.

Der **Fenriswolf**: auch Fenrir; der Sohn Lokis und der Riesin Angrboða, einer der drei Feinde der Welt.

Fylgien: körperlose Folge- oder Schutzgeister; in Frauen- oder auch Tiergestalt; sie begleiten den einzelnen Menschen durch sein Leben, verlassen ihn aber mit seinem Tod und begleiten danach den nächsten; manche Fylgien begleiten auf diese Weise ganze Sippen, indem sie jeweils den Anführer der Familie schützen.

Gullinborsti: »der mit den goldenen Borsten«; der Eber des Gottes Freyr; er wird auch »Sliðrugtanni« genannt, er zieht den Wagen, in dem Freyr fährt, und kann dabei schneller laufen als jedes Pferd, da seine Borsten Tag und Nacht leuchten.

Gulltopr: »Goldzopf«; das Pferd des Gottes Heimdall.

Heiðrun: die Ziege auf dem Dach von Odins Palast Walhall; aus ihren Eutern fließt Met, mit dem die Einherier, die im Kampf gefallenen Krieger, versorgt werden.

Huginn und **Muninn**: die Raben Odins.

Die **Midgardschlange**: eine Schlange, die im Ozean lebt und die ganze Welt umspannt. Die Tochter des Gottes Loki und der Riesin Angrboða. Gemeinsam mit ihren Geschwistern, dem Fenriswolf und der Göttin Hel, zählt sie zu den drei Feinden der Welt.

Níðhöggr: »der hasserfüllt Schlagende«; der Totendrache, der das Blut der Toten trinkt und die Leichen frisst; er lebt unter der Wurzel der Weltesche Yggdrasill.

Nornen: Schicksalsfrauen; am bekanntesten sind die drei Nornen bei der Weltesche Yggdrasill, Urd, Verdandi und Skuld, aber es gibt auch Nornen, die zu jedem Kind kommen, wenn es geboren wird.

Ratatoskr: das Eichhörnchen in der Weltesche Yggdrasill; es überbringt Botschaften zwischen einem namenlosen Adler in der Krone des Baumes und dem Drachen Níðhöggr, der unterhalb der Wurzel lebt.

Sleipnir: Odins achtbeiniges Pferd.

Werwölfe: Mann-Wölfe; Männer, die am Abend die Gestalt von Wölfen annehmen.

Orte, Seen und Flüsse der germanischen Mythologie

Asgard: Sitz / Palast der Götterfamilie der Asen.

Bifröst: die Brücke, die Asgard mit Midgard verbindet, auch »Regenbogenbrücke« genannt.

Breiðabilk: der Wohnsitz des Gottes Balder.

Fensalir: der Wohnort der Göttin Frigg.

Fólkvangr: Folkwang; Sitz der Göttin Freyja.

Ginnungagap: der kosmische Urraum vor der Erschaffung der Welt.

Glaðsheimr: »leuchtendes Heim«, Wohnsitz des Gottes Odin, in dem sich auch der Saal Walhall befindet.

Glitnir: die silbergedeckte Wohnung des Gottes Forseti.

Hel: das Totenreich.

Hvergelmir: die Quelle in Niflheim, der die Flüsse Élivágar entspringen.

Iðavöllr: auch »Idafeld«; mythische Ebene bei Asgard, die zum Wohnsitz der Götter gehört; nach den Ragnarök finden hier in der neuen Welt die Götter zusammen.

Midgard: der mittlere, von Menschen und, je nach Quelle, auch von den Göttern bewohnte Teil der Welt.

Mimirs Brunnen: der Brunnen der Weisheit unterhalb der Wurzel der Weltesche Yggdrasill. Er wird bewacht von Mimir, der in den Texten abwechselnd zu den Asen oder zu den Riesen gerechnet wird.

Muspellsheim: die feurige Welt am südlichen Pol; aus den Funken aus Muspellsheim und dem Eis von Niflheim entsteht der Urriese Ymir.

Niðavellir: »das dunkle Gefilde«; gelegen im Norden; hier leben die Zwerge in einem goldenen Saal; nach dem Weltenende Ragnarök sollen hier die guten und tugendhaften Menschen wohnen.

Niflheim: »die dunkle Welt; Ort im eisigen Norden.
Nóatún: »Schiffsplatz, Schiffsstadt«; Wohnort des Gottes Njörðr.
Utgard: die Außenwelt; Ort der Riesen und Trolle.
Vananheimr: auch »Wanenheim«; Sitz der Götterfamilie der Wanen.
Vigríðr: »der Platz, an dem der Kampf tobt«; Kampfplatz, zu dem die Feuerriesen unter ihrem Anführer Surtr, die Midgardschlange, der Fenriswolf und alle anderen Feinde der Welt zu den Ragnarök ziehen, um dort den endgültigen Kampf gegen die Götter auszutragen.
Walhall: die Halle im Palast des Gottes Odin, in der er die gefallenen Krieger um sich sammelt.
Yggdrasill: der Weltenbaum oder auch die Weltesche, die den gesamten Kosmos umfasst.

Mythologische Gegenstände

Brísingamen: das goldene Halsband der Göttin Freyja; geschmiedet wird es von den Zwergen Alfrigg, Dwalinn, Berlingr und Grerr; der Schmuck hat seinen Preis: Denn damit die Zwerge ihn anfertigen, muss Freyja mit jedem von ihnen eine Nacht verbringen.
Draupnir: »der Tropfen«; Odins goldener Armreif; jede neunte Nacht tropfen acht weitere gleich schwere Ringe von ihm ab.
Dromi: die zweite Fessel, mit der die Götter – vergeblich – versuchen, den Fenriswolf zu fesseln.
Gjallarhorn: »das laut tönende Horn« ist das Horn des Gottes Heimdall, in das er bläst, um die Götter vor dem Anbruch der Ragnarök zu warnen.
Gleipnir: die dritte Fessel des Fenriswolfes; erst sie kann er nicht mehr zerreißen; diese Fessel wird von den Zwergen hergestellt; sie setzt sich aus lauter Bestandteilen zusammen, die es gar nicht gibt: dem Geräusch der Katze, dem Bart einer Frau, den Wurzeln der Berge, dem Atem eines Fisches und der Spucke eines Vogels, dabei ist sie leicht und weich.
Hringhorni: »das Schiff mit einem Kreis am Steven«, das Schiff des Gottes Balder.
Lœðing: die erste Fessel, die den Fenriswolf in Ketten legen soll. Sie hält seiner Kraft allerdings nicht stand, sondern zerreißt sofort.

Mjöllnir: der Hammer des Gottes Thor; wenn er geworfen wird, erzeugt dieser Hammer Donner und Blitz, außerdem kehrt er wie ein Bumerang immer wieder in Thors Hand zurück; um den Hammer zu halten, braucht Thor Eisenhandschuhe; mit dem Hammer erschlägt er vor allem verschiedene Riesen.

Naglfar: »das Nagel-Schiff« oder »Totenschiff«; das Schiff ist aus den Nägeln der Toten erbaut und bringt zu den Ragnarök die Riesen zu ihrem Kampf gegen die Götter.

Skiðblaðnir: das Schiff des Gottes Freyr.

LITERATUR

Primärliteratur

Adam von Bremen: »Gesta Hammaburgensis ecclesiae Pontificum«. In: *Quellen des 9. und 11. Jahrhunderts zur Geschichte der Hamburgischen Kirche und des Reiches*, Darmstadt 1978

Die Texte der »Prosa-Edda« sowie die Götterlieder der »Lieder-Edda« werden im vorliegenden Buch aus der Ausgabe des Regionalia-Verlags zitiert:
Die Edda. Die germanischen Göttersagen, Hrsg. Walter Hansen, 6. Auflage. Regionalia-Verlag, Rheinbach 2013 (Die Zählung der Abschnitte in den »Gylfaginning« weicht in dieser Ausgabe zum Teil leicht von der in anderen Ausgaben ab.)

Das Zitat aus den Heldenliedern der »Lieder-Edda« entstammt der folgenden Ausgabe:
Die Edda. Götterlieder, Heldenlieder und Spruchweisheiten der Germanen. Hrsg. Manfred Stange, vollständige Textausgabe in der Übersetzung von Karl Simrock. Überarbeitete Neuausgabe mit Nachwort, Kommentar und Register, 11. Auflage. Marixverlag, Wiesbaden 2013

Die Zitate aus der »Ynglingasaga« entstammen der folgenden Ausgabe:
Snorris Königsbuch (Heimskringla), erster Band, übertragen von Felix Niedner, Eugen Diederichs Verlag, Düsseldorf / Köln 1965 (= Thule. Altnordische Dichtung und Prosa)

Sagen der nordischen Mythologie:
Herrmann, Paul: *Nordische Mythologie*, Anaconda-Verlag, Köln 2011
Lewin, Waldtraud: *Nordische Göttersagen*, Loewe-Verlag, Bindlach 2016
Mudrak, Edmund: *Nordische Götter- und Heldensagen*, Arena-Verlag, Würzburg 1999

Geschichten und Illustrationen speziell zu Trollen finden sich in dem Band:
Trolle, Wichtel, Königskinder. John Bauers nordische Märchenwelt. 5. Auflage. Verlag Urachhaus, Stuttgart 2013

Für Kinder ist die teilweise philosophisch anmutende Buchreihe über die Mumin-Trolle der finnischen Autorin Tove Jansson zu empfehlen. Erschienen sind u. a. die Bände:

- *Geschichten aus dem Mumintal*
- *Die Mumins – eine drollige Gesellschaft*
- *Herbst im Mumintal*
- *Winter im Mumintal*
- *Sturm im Mumintal*
- *Komet im Mumintal*

Alle im Arena-Verlag, Würzburg, Altersempfehlung ab 8 Jahren.

Eine interessante Reise durch Island auf den Spuren der altnordischen Mythologie und ihrer realen Orte unternimmt der Autor Walter Hansen in dem folgenden Buch:

HANSEN, Walter: *Asgard. Eine Reise in die Götterwelt der Germanen*. Anaconda-Verlag, Köln 2009

Bücher von Islands »Elfenbeauftragter«:

STEFANSDOTTIR, Erla: *Lifssyn min: Lebenseinsichten der isländischen Elfenbeauftragten.* Verlag Neue Erde, Saarbrücken 2007

DIES.: *Erlas Elfengeschichten: Die »isländische Elfenbeauftragte« erzählt*. Verlag Neue Erde, Saarbrücken 2011

Sekundärliteratur

DEROLEZ, R. L. M.: *Götter und Mythen der Germanen*, Wiesbaden 1974

DIEDRICHS, Ulf: *Germanische Götterlehre. Mit mythologischem Wörterbuch*, Eugen Diedrichs Verlag, München 1983, 5. Auflage 1993

GOLTHER, Wolfgang: *Handbuch der germanischen Mythologie*, Leipzig 1875, neu aufgelegt im Athenaion-Verlag, Essen 1995

HASENFRATZ, Hans-Peter: *Die religiöse Welt der Germanen. Ritual, Magie, Kult, Mythos*, Herder-Verlag, Freiburg / Br. 1992

KRAUSE, Arnulf: *Reclams Lexikon der germanischen Mythologie und Heldensage*, Reclam-Verlag, Stuttgart 2010

Maier, Bernhard: *Die Religion der Germanen. Götter – Mythen – Weltbild*. Beck Verlag, München 2003

Petzoldt, Leander: *Kleines Lexikon der Dämonen und Elementargeister*. 3. Auflage. Beck Verlag, München 2003 (= Beck'sche Reihe. Bd. 427)

Simek, Rudolf: *Lexikon der germanischen Mythologie*. Kröner-Verlag, Stuttgart 1984 (= Kröner Taschenausgabe Bd. 368)

Ders.: *Religion und Mythologie der Germanen*. Wissenschaftliche Buchgesellschaft, Darmstadt 2003

de Vries, Jan: *Altgermanische Religionsgeschichte (2 Bände)*, de Gruyter, 3. Auflage. Berlin 1970

Weiss, Gerlinde: *Snorri Sturluson, isländischer Gelehrter, Dichter und Politiker und der Hof in Skandinavien im Hochmittelalter*. Zu finden als PDF-Datei unter: www.uni-salzburg.at/fileadmin/oracle_file_imports/544732.PDF

REGISTER

BILDNACHWEIS

Im Text

Archiv Regionalia Verlag: 9, 11, 27, 33, 37, 45, 49, 55, 61, 68, 73, 77, 81, 84, 88, 99, 108, 112, 114, 122, 124, 125, 126, 129, 134, 136, 137, 138, 140, 159
Sonstige, gemeinfrei: 116, 118
Wikimedia Commons: 14 (Bloodofox), 21 (o. A.), 23 (Fingalo), 34 (TomR), 35 (Michael F. Schönitzer), 54 (o. A.), 72 (o. A.), 78 (fragwürdig), 79 (o. A.), 94 (Harafnisa), 117 (o. A.)

Bildtafeln

Nach S. 32

Christian Bickel: 3
Regionalia Verlag, Archiv: 4, 5, 6
Wikimedia Commons: 1 (o. A.), 2 (o. A.), 7 (L3u), 8 (o. A.)

Nach S. 96

Christian Bickel: 7
Holger Ellgaard: 5
Regionalia Verlag, Archiv: 1
Christoffer H. Støle: 8
Xauxa Håkan Svensson: 4
Wikimedia Commons: 2 (Pudelek), 3 (o. A.), 6 (o. A.)

Walküren geleiten die gefallenen Helden gen Walhalla. Illustration von 1874.